愛に終わりはないけれど

Kazuya Nakahara
中原一也

CHARADE BUNKO

Illustration

奈良千春

CONTENTS

愛に終わりはないけれど ―――――― 7

双葉パパの奮闘 ―――――― 231

あとがき ―――――― 251

愛に終わりはないけれど

ジリジリと焼けつく太陽が、青空の真ん中にいた。立秋を過ぎてもなお収まらない暑さは体力と気力を奪い、やる気も減退させる。

街の連中も例外ではなく、待合室ではぐったりしたオヤジどもが腹を出して床に寝転んでいた。

水揚げされたマグロのようにあちらこちらにゴロゴロと転がっていられては、邪魔で仕方ない。歩くとすぐに足に当たるものだから、あまりのだらしなさに呆《あき》れることしきりだ。

「ちょっと、こんなところで寝ないでくださいよ」

外の郵便受けを覗《のぞ》いてきた坂下《さかした》は、白衣のポケットに手を突っ込んだまま冷たい視線でオヤジどもを見下ろしてやった。ただでさえ暑いのに、ダラダラされるとますます疲れてくる。

日本の上空を覆っている熱帯高気圧のように、暑さがずっしりとのしかかってくるようだ。

「先生ぇ～、クーラー買ってくれよぉ～。熱中症で死にそうだ～」

「早め早めに水分と塩分を摂《と》ってください。そしたら死にませんから」

「死ぬよぉ～、死んじまうよぉ～」

「あー、うるさい！　いい歳《とし》した大人が、暑いくらいで死ぬ死ぬ言わない！」

寝転がっていたオヤジの尻《しり》を足で軽く押し退《の》けてやると、待合室のありさまを見渡し、深い溜《た》め息をつきながら頭をがしがしと掻《か》いてみせた。

「もう、みんなだらしないんだから」

最近の若者は……、なんて言う人間もいるが、ここのオヤジも似たようなものだ。坂下の顔を見れば、『クーラー』『クーラー』と子供のようにせがむ。常に金欠状態の坂下にそんな贅沢《ぜいたく》品を買う余裕などなく、聞き流すしかなかった。

一度、金を出し合って診療所に設置してやろうなんて言われたこともあるが、電気代のことを考えると素直に受け入れられない。情けなくもあるが、無理をすれば長続きしないのは目に見えている。継続するためには、背伸びはしないことだ。

(だけど、本当に暑いな……)

みんなの前ではああ言ったものの、やはり座っているだけでも汗が滲《にじ》み出てくる。白衣の下は麻の開襟シャツだが、額にはうっすらと汗が浮かんでいた。

こんなことでは駄目だぞと自分に言い聞かせ、常備してあるコップの水を飲んでから机に向かう。

「あ、そうだ。双葉《ふたば》さんに返事書いておこう」

坂下は引き出しの中から葉書を取り出し、万年筆を握った。

双葉との葉書のやりとりは定期的に行っており、空いた時間を見つけては最近の様子を報告している。特に夏場は暑さもあって患者は午前中に集中するため、こうして返事を書くのはもっぱら午後の空いた時間と決まっていた。

前回貰《もら》った双葉からの葉書を読み返し、まだまだ懐かない頑固な息子《むすこ》との幸せそうなツーショット写真に目を細め、葉書に向かう。

「えー……っと、拝啓。双葉洋一《よういち》様。お元気ですか？　俺も斑目《まだらめ》さんも街のみんなもとても元気です。こちらはまだまだ残暑が厳しくて、みんなは待合室でだらけきっています」

万年筆を走らせていると、窓の外からポロンポロンとウクレレの音が聞こえてきた。この街では聴かない音に、窓から身を乗り出して下を覗く。すると、斑目がコンクリートの上に腰を下ろし、ウクレレを持って弦を弾いていた。

午後の日差しはほとんど遮られることなく降り注いでいるが、筋肉の盛り上がった褐色の肌に浮かんだ汗は斑目の生命力を感じさせ、むしろ生き生きとしているように見えた。暑さすら味方につけるほどの野性味溢《あふ》れる男前は、こんな昼間にもかかわらず、あますところなく男の色香を見せつけ、フェロモンを振りまいている。

まさにサバイバル向きと言っていいだろう。だが、それだけはないというように、サラリと楽器を弾きこなしている姿も絵になっていた。

さすがに斑目だ。多才な一面を持つ男に深く感心する。

「そのウクレレ、どうしたんです？」

「これか？　パチンコの景品で貰ったんだ。まだ暑いが、暦の上では秋だからな。芸術の秋だよ、芸術の秋」

斑目の口から『芸術』なんて言葉が出るとは思っておらず、坂下は怪しいものだと疑いの眼差《まなざ》しを向けた。年がら年中坂下にセクハラを仕掛けてくる斑目だ。たとえ絵になる姿を晒《さら》していようともきっと何か企《たくら》んでいるはずだと、じっとその様子を眺める。

「なんだ、その目は」

「いえ、別にいいんですけどね」

ウクレレを手に入れた斑目に身構えてしまうが、坂下にはその内容がまったく想像できず、窓から顔を引っ込めて葉書の続きを書き始めた。

警戒は解かずに、再び万年筆を走らせる。

「えーっと、洋君《ひろし》との仲はどうですか？　いつもそっぽを向いているけど、この前の釣りの写真なんかとても仲がよさそうでしたよ……っと」

そこまで書いた坂下は、机の前に貼《は》ってある葉書に目をやった。

十日ほど前に貰ったのは、釣り上げた魚を挟んで撮った写真が載っているものだ。相変わらず笑顔なのは双葉だけで、息子のほうははしゃぐ父親に呆れたような顔をしているが、本気で嫌っているようにはまったく見えない。子供のような父親に『つき合ってやっている』という顔が、逆に幸せそうに見えた。

少しずつではあるが、息子との距離が縮まっているのは間違いない。一歩一歩、前進している様子が写真から窺《うかが》え、坂下は双葉からの葉書を見るたびに元気になる。

（俺も、がんばらなきゃな）

双葉の笑顔を思い出しながらウクレレの音をＢＧＭに文字を綴《つづ》っていた坂下だが、窓の外から聞こえてくるその音に斑目の声が乗った。

「ああ〜、あああ〜〜〜」

軽く流して歌っているだけなのに、もともと声がいいだけになかなかの歌声だ。体格がいいと声がよく通ると言うが、鍛え上げられた厚い胸板に反響する独特のしゃがれ声は、まるでブルースシンガーのような味のある歌声になっている。

斑目の外科医としての才能には惚《ほ》れ惚《ぼ》れするが、他《ほか》にもこんな特技があったなんてと驚きを隠せなかった。こんなＢＧＭならいつまでも聴いていたい。

双葉の新しい生活が順調なことも手伝って、坂下は気分よく万年筆を走らせていた。しかし、聞き惚れていたのも束《つか》の間《ま》で、長くは続かない。

「あああ〜〜〜、先生ぇ〜、先生ぇぇぇ〜〜〜〜、先生の〜〜〜アソコォ〜〜〜〜〜ッ」

坂下は、ピタリと手を止めた。返事を書くのを中断し、聞こえてくる歌詞の内容に耳を傾ける。すると、想像以上に酷《ひど》い内容の歌詞が聞こえてくるではないか。

「ああ〜〜、あああ〜〜ああ〜〜、先生の〜アソコ〜。ああ〜先生の〜アソコ〜、アソコ〜、アソコォォ〜〜〜、先生の〜アソ〜コ〜〜〜〜、先生のアソコォォ〜〜〜、アソコ〜〜アソコ〜〜〜ッ」

小節を利かせ、何度も同じフレーズを繰り返している。

せっかくいい歌声だと思っていたのに、なぜわざわざ坂下を怒らせる方向に走ってしまうのか。このまま美声を聴かされ続けたらうっかり惚れ直したかもしれないのに、斑目はそれじゃあ面白くないとばかりに、いつもこんなふざけたことをする。

（無視無視。怒ると余計調子に乗るんだから……）

坂下は自分にそう言い聞かせ、葉書の続きを書き始めた。しかし、坂下が未熟な青年医師だからなのか、それとも歌詞の内容と美声のギャップのせいか『アソコ』『アソコ』と連呼している斑目の声は、どんなにシャットアウトしようとしても頭の中に入ってくる。しばらく耐えていたが、段々聞いていられなくなってきて、万年筆を持った手がわなわなと震え始めた。

駄目だ駄目だと思いつつ、今止めないと延々と聞かされそうで、とうとう椅子《いす》から立ち上がる。

「ちょっと！　斑目さんっ、いい加減にしてください！」

「なんだ〜、先生。音楽に目覚めた俺の趣味に文句つけんのか〜？」

坂下が窓から身を乗り出して下を覗くと、斑目がウクレレを持ったまま見上げた。何か悪いことでもしたかというとぼけた顔が、これまた腹立たしい。

「変な歌を歌うのはやめてください」

「何が変な歌だ。俺の作詞作曲した『先生のアソコ』だぞ。名曲じゃねぇか」

「何が名曲ですか。そんな下品な歌」

「何が下品だ。アソコって歌ってるだけだろう。先生はアソコをどこのことだと想像したんだ～？」

斑目は、いやらしくニヤリと笑った。アソコといったらアソコのことだろうが、はっきりと言葉にされたわけではないため答えられない。斑目もそれを狙《ねら》っていたのだろう。口籠《くちご》もっている坂下を見る目は、笑っている。

さすが斑目だ。坂下のような青二才が太刀打《たちう》ちできる相手ではない。

「俺はただ単に『先生のアソコ』って歌ってるだけなのになぁ、先生はどこを想像したんだろうなぁ～」

歌うように楽しげな口調に負けを認めた坂下は、せめてもの反撃だとばかりに、冷たい目をして斑目を見下ろしてやる。

「斑目さんはどこのつもりで歌っているんですか？」

「アソコっつったらアソコじゃねぇか」

斑目はそう言ってから、再びウクレレの弦を指で弾き始めた。

「ああ～あああ～、アソコ～～～、アソコォ～～～、先生のぉ～アソコォォォ～～～ッ」

歌声が青空に響き渡る。

双葉が街を出ていってからというもの、斑目のセクハラが加速している気がしてならなかった。さすがにこれ以上パワーアップしないだろうと思っていても、坂下の予想をはるかに上回ることをしてくれるのだ。

どこまで行くのだろうと想像すると、恐ろしくすらある。

確かに、双葉の新たな旅立ちを喜んでいても、いつも支えてくれていた相手がいない寂しさがあるのも事実だ。そんな坂下を元気づけようとしてくれているのもわかる。

しかし、いかんせん歌詞が下品すぎて聞いていられない。

「ちょっと、もういい加減にやめてください！」

「アソコ〜〜〜、アソコ〜〜〜ッ、先生っ、先生っ、先生のぉ〜、アソコ〜〜〜〜〜〜ッ」

「斑目さん！」

「アソコ〜〜〜ッ、アソコ、アッソッ、コォォォ〜〜〜ッ」

何度声を荒らげようと、斑目は一向にやめる気配を見せなかった。むしろ歌っているうちに喉《のど》の調子がよくなっているようで、さらに声の通りはよくなる。待合室のほうにまで聞こえたらしく、床に寝転んでいた連中がにわかに騒ぎ出した。

「聞いたか、先生のアソコだってよ！　相変わらず斑目はおかしなやっちゃ」

「あいつはアホやな」

「ぎゃはははは！」

暇を持て余した連中は、斑目の真似《まね》をして歌い始める。

「先生のアソコ～、先生のアソコ～」

「おいらのチンポコ～、でっかい～でっかい～、おいらの～チンポコ～」

「お前のチンポコは～、ちっちゃいやろがぁ～～～っ」

「何を言う～～～っ、俺のチンポコはぁ～～～っ、世界一のぉ～～～大きさぁぁ～～～」

少し前まで暑さのせいで屍《しかばね》のごとく転がっていたというのに、今は元気を取り戻して合唱している。あっという間に大合唱に発展してしまい、止める気すらなくなった。

どうしてここの連中は、こういうことになると途端に生き生きするのだろうか。

子供のように無邪気で、おとなげない大人たちは、元気すぎるくらい元気だ。

（まったく……）

溜め息を漏らしながら首を横に振り、双葉への返事の続きを書き始める。しかし、窓の外と待合室の両方からみょうちきりんな歌が聞こえてくるものだから、気になってなかなか文章が書けない。葉書は夜にでも書くかと、双葉への返事を諦《あきら》めて万年筆を置いた。

すると、それを見計らったかのように待合室から呼ばれる。

「せんせ～、患者が来たごたーぞー」

「はーい、どうぞー」

大きな声で言うと、ボロを着た中年男性が中に入ってくる。初めて見る顔で、左肘《ひじ》を押さえていた。随分《ずいぶん》痛そうで、顔をしかめ、額に汗を滲ませている。

「ここはツケで診《み》てくれるって聞いたんやが」

「ええ。ある時払いもありますよ。とりあえずどうぞ。先に腕のほうを診ましょう」

坂下は男を椅子に座るよう促すと、窓から顔を出して斑目に厳しく言った。

「患者さんが来たんだから、おとなしくしていてください。わかりましたね！」

『はい』か『いいえ』かわからないが、ウクレレでポロンと返事をする斑目を疑いの眼差しで見てやり、患者の前に座って診察を始めた。


斑目の歌が、頭の中を駆け巡っていた。

診察時間を終え、軽く食事を取ってからホームレスたちの健康状態を診て回っているのだが、頭の中にはいかがわしいフレーズがまだしっかりと残っている。アソコアソコと、ヘビーローテーションで聴かされれば刷り込まれるのも当然だ。

何度頭の中から叩《たた》き出そうとしても、しっかりと居座っている。

（まったく、ロクなことをしないんだから……）

坂下はウクレレを手に歌っている斑目の姿を思い出し、眉間《みけん》に皺《しわ》を寄せた。どうやってあのオヤジのセクハラを止めればいいのか、いまだその手段が見つからない。こんな時ですら斑目のことを考えているのが既にあの男の策略に嵌《は》まっている気もするが、あまりに馬鹿馬鹿しいことばかりをするため、つい考えてしまうのだ。こんなことでは百戦錬磨の男には、到底太刀打ちできない。

坂下は気を取り直し、公園のいつもの場所にいるホームレスに声をかけた。

「こんばんはー、調子どうですか〜？」

「あー、先生。今日は躰《からだ》も軽くてなぁ、バッチグーや」

「そう。それならよかったです。まだまだ暑いですからね。熱中症にも気をつけてください」

「水飲んどるよ〜」

「水ばかり飲んでると血液が薄くなって水中毒になりますから、塩分も摂ってくださいね」

「はいな〜」

愛想のいい男の次に声をかけるのは、なかなか心を開いてくれないホームレスだ。隣のベンチの後ろに敷いてあるダンボールの上で、高齢の男性が横になっている。

「こんばんは。具合どうです？」

思っていた通り、返事はなかった。初めて声をかけてから三ヶ月以上が経《た》つが、いまだに会話を交わしたことはない。だが、諦めてはいけない。声をかけることが大事なのだ。

いつかは心を開いてくれると、信じるしかない。

「この前、夜中にずっと咳《せ》き込んでたって聞きましたよ。お金の心配はしなくていいですから、気が向いたら診療所に来てくださいね」

坂下はそう言ってから、少し離れた場所を見て先ほどの愛想のいいホームレスにもう一度声をかけた。

「そういえば、あの辺りにいた人たちですけど、姿が見えませんね」

「あー、あいつらかぁ。一週間くらい見らんな～。若い連中やったから、仕事見つかって出ていったかもなぁ」

ホームレスには縄張りがあり、ある程度寝る場所が決まっている。最近よく見かけるようになった三人の若者がいた場所には、今はダンボールの破片すら見当たらない。

(少し話したかったんだけどな)

新顔だったため、まだ話らしい話もしていなかった。

もともと人の出入りの激しい街だ。若いホームレスが三人いなくなったところで特に気にする必要はないだろう。もっと居心地《いごこち》のいい場所を見つけたのかもしれない。

「じゃあ、また来ますね」

坂下はそう言って立ち上がると、公園をぐるりと一周しながら次々と声をかけていき、さらに簡易宿泊所がある辺りに向かった。一晩数百円の宿代すら払えない者たちは、押し黙ったまま硬いアスファルトの上に敷いたダンボールの上で背中を丸めて横になっている。世の中に、そして自分の人生にすら背中を向けているような者も多いが、中には少しずつ坂下の言葉に耳を傾けてくれる者もいる。

一時間ほどかけて街の見回りをした後、坂下は診療所に戻ってきた。今日は特に変わったこともなく、無意識に漏らす溜め息も軽い。

白衣を脱ぎながらスリッパに足を突っ込んで中に入っていくと、階段のところからポロンとウクレレの音がした。

「わ！」

「よぉ、先生。今帰ってきたのか」

「なんだ、斑目さんですか。驚かせないでください」

「なんだはねぇだろう。せっかくハニーに会いにやってきたってのに」

ふざけた口調に、またセクハラをしに来たと恨めしげな視線をやる。

「なんか用ですか？　診察時間は過ぎてるので、急患しか受けつけませんよ」

「急患も急患。先生に握ってもらわねぇと、股間《こかん》が破裂しそうだ」

「全然急患じゃないじゃないですか。っていうか、病気じゃないでしょ。どうぞ自分で処理してください」

坂下は、取りつく島もない言い方で斑目を牽制《けんせい》した。少しでも隙《すき》を見せると、何をしだすかわからない。斑目は侮れないオヤジなのだ。

「そう冷たくするなよ。先生に俺の歌声を……」

「——結構です」

「まぁまぁそう言うなって。俺が先生を想《おも》って作った歌なんだから」

「『アソコ』の歌はもうたっぷり聴きました」

「先生の口から『アソコ』って言葉が出るなんてな」

「——っ！」

「もう一回言ってみてくれよ、先生」

いやらしく耳許《みみもと》で囁《ささや》かれ、坂下は己の迂闊《うかつ》な発言に唇を噛《か》んだ。そして、待合室の隅へと追いやられる。すぐに逃げ場を失い、自分に迫る男が漂わせる色香に目眩《めまい》を覚えずにはいられなかった。

いつもこうだ。

どうして自分はこの男の魅力に抗《あらが》えないのだろうと思う。

ふざけた態度と下品な言葉で迫ってくる斑目には、呆れさせられる。そして、怒ってしまう。坂下の反応が愉《たの》しくてやっているのもわかっているため、なおさら頭に血が上ってしまうのだ。

それでも、どうしようもなく惹《ひ》かれている。人としての魅力を知っているからこそ、自分の気持ちを抑えることができない。

「斑目さんはどうしてそうなんですか」

「先生が双葉のことばっかり考えてるからだろうが。妬《や》けてくるんだよ」

「そ、そんなこと……」

「俺のことだけ見て欲しくて、必死なんだよ」

斑目は、恥ずかしげもなく股間を押しつけてきた。既に硬くなっているのがわかり、頬《ほお》が熱くなる。視線を下にやると、斑目のイチモツが勃起《ぼっき》してズボンを押し上げているのがわかった。雄々しい姿を見せられ、耳まで真っ赤になる。

坂下の視線がどこに向けられているのか気づいた斑目が、耳許に唇を寄せてくる。

「ほらみろ。嫉妬《しっと》するあまり俺のスカイツリーが天高くそびえ立ってやがる」

「な、何がスカイツリーですか。ふざけないでください！」

「先生を想っただけでこんなだ。ビンビンの俺の電波、先生のアソコでキャッチしてくれよ」

「あ、あのねぇ！」

なんてことを言うのだと頭に血を上らせるが、同時に斑目の誘惑に負けそうになりつつあるのを感じていた。どう抗っても、最後には取り込まれてしまう。甘く濃密な湖に沈んだ躰は、あっという間にその心地よい泥濘《でいねい》に包まれてしまうのだ。

「なぁ、先生。先生のアソコ、見せてくれよ」

「な……っ」

あまりの言い方に反論したかったが、頭にそっと唇を押し当てられ、ジンとした甘い痺《しび》れに声が漏れた。ますます自分が溺《おぼ》れていくのを、実感せずにはいられない。

日々の肉体労働により手に入れた野性的な肉体と下品な言葉からは想像できないほど優しい愛撫《あいぶ》は、甘い言葉でロマンスに誘う紳士のそれだ。うっとりさせられ、心ごと奪われてしまう。その唇が、熱い吐息が、そして優しく触れてくる手が自分だけのものだと行動で示され、その事実をより深く噛み締めたくなる。

ひとたび求めると、際限なく欲してしまうのはわかっていた。後悔するほど、はしたない姿を晒してしまうことも。

「俺のも見せてやるから、先生のアソコを……見せてくれ」

「ぁ……っ」

あれよあれよという間に追いつめられ、熱い吐息で煽《あお》られる。本能を覆う理性という名の包みのリボンをそろりとほどくように、斑目の熱い手が白衣の中に忍び込んで坂下の奥に潜む獣を揺り起こそうとしていた。

（もう……）

坂下は、観念して目を閉じた。メガネをそっと奪われ、体温が上がる。

自分の負けだ。斑目に魅かれ、虜《とりこ》になるのに抗うことなどできない。特に一日働いて身も心も心地よい疲労に包まれていると、欲望に忠実になりやすいのだ。充実した疲労は思考する力を奪い、誘惑に弱くなる。

気がつけば目の前で甘い香りを漂わせている果実に手を伸ばし、柔らかい果肉に歯を立て、喉を鳴らして溢れる果汁を飲んでいるのだ。そして、舌の上に広がる魅惑の味に酔いしれる。

今まさに自分がそうであると頭の隅で感じながら、坂下は斑目の誘いに乗った。

二階に移動した坂下は、信じ難い思いに見舞われながら、自分を襲う快楽の波に溺れそうになっていた。

「はぁ……、……ぁ……、……は……っ」

仰向《あおむ》けになった斑目の上に逆さになって這《は》いつくばり、尻を弄《もてあそ》ばれている。目の前には、まるでお前のおもちゃだぞと言わんばかりに雄々しくそそり勃《た》った斑目の屹立《きつりつ》があり、強さを誇示するように隆々とした姿を惜しみなく晒していた。

　優しく誘われ、戸惑いながら促されるままこの格好になったが、思っていた以上に斑目は容赦なかった。双丘を左右の手でしっかりと掴《つか》まれ、奥の蕾《つぼみ》を見てやろうとでも言うように揉《も》みほぐされ、両側に開かれている。

「ぁ……っく、……ぁあ、……ぁ……っ、……ぅん……」

　もどかしい刺激にそこがひくつくのをすぐ近くから見られていると思うと、羞恥《しゅうち》に身を焦がした。見せてくれと言われたが、まさかこんな格好で自分の恥ずかしい部分を晒け出すことになるなんて、想像していなかったのだ。

　けれども、なぜか従ってしまう。自分がどんな痴態を晒しているのかちゃんとわかっているのに、見られていいとすら思ってしまう。

　斑目のものを握り、時折思い出したように舌を這わせるが、すぐにおろそかになってしまう。けれども、斑目はそこへの愛撫を誘うことはなく、むしろ坂下の愛撫が途切れるのを愉しんでいるようだった。

　それが、坂下が夢中であることの証《あかし》だとわかっている。

「——ぁ……っ、……んぁ、……あぁ」

　ジェルを塗った親指で蕾を揉みほぐされると、その冷たさに躰が小さく跳ねた。ジェルはすぐに温《ぬる》まるが、またすぐに足される。マッサージするように蕾を刺激されていると、その刺激に応《こた》えるように蕾が収縮するのが自分でもわかった。

「ぁ……っく、……ぅ……っ、……はぁっ」

右手の親指をじわりと挿入され、ゆっくりと引き抜かれる。柔らかくほぐれ始めた蕾は親指をいとも簡単に呑《の》み込み、きゅうきゅうと締めつけていた。さらに、左手の親指もジワリと入ってくる。

「んぁ！」

慣れない異物感に、坂下は戸惑っていた。こんな格好で、こんなふうに後ろをほぐされるのは初めてだ。二本の親指が出たり入ったりを繰り返すのに、じっと耐えることしかできない。

斑目は、どうすれば坂下が快感を得られるのか知っているようだ。

恥ずかしさに身を焦がしながらも、襲ってくる快楽の波に抗えずにいる坂下を、より深い愉悦の中へと連れ込もうとしている。

「あぁ、……はぁ……っ、……あ、……んっ、……っく！」

休みなくいじり回され、坂下は無意識のうちに斑目の屹立をぎゅっと掴んでいた。唇の間から次々と漏れる熱い吐息に、嬌声《きょうせい》が混じり始める。

それは坂下自身嫌になるほど痛感していることだが、抑えようとしても己の意思ではどうにもならないことだ。

「ぁ……ん、……んぁ！」

「いいぞ、いい具合にほぐれてる」

「……ぁあ……、……ん、……ん……っく、――あ！」

たっぷりと塗られたジェルが、太腿《ふともも》を伝って膝《ひざ》のほうまで落ちていくのがわかった。シーツを濡《ぬ》らす恥ずかしさに煽られるように、感度は増していく。自分の躰が自分のものではなくなっていくようだ。暴走を始めるのを、どうすることもできない。

それなのに、斑目はさらに坂下を追いつめようとする。

「ぁ……っ、……斑目、さ……、……何……っ、――ぁ……っ」

ジェルのチューブの口をあてがわれ、冷たいものが体内に入ってくるのがわかった。少量ではあるが、いきなりのことに戸惑わずにはいられない。

「漏らすなよ」

「は……、……ぁあ……、……待……っ、……んぁ！」

零《こぼ》さないよう尻に力を入れるが、くすぐったさに耐えきれず、ジェルはすぐに溢れ出てしまった。もう一度試されるが、同じだった。中に留《とど》めておけずに、すぐに溢れさせてしまう。

「我慢できねぇか」

「ぁ……っく、待……って、くださ……、待……っ」

「先生、もう少し腰を落としてくれ」

促され、言われるまま腰を落とすと舌で直接刺激される。

「ぁあ……っ、あぁ……、んぁ……、……っく、んっ！」

自分ばかりが気持ちよくなってはいけないと思うが、与えられる快楽の味に夢中になり、口はすっかりおろそかになってしまっていた。愛撫するのを忘れ、斑目を握ったまま狂おしさに身をくねらせるばかりだ。

それでも斑目の中心は、少しも衰えなかった。握っているだけでも十分な硬さを保ち、いつでも坂下を貫けるぞとばかりに雄々しい姿を晒している。

坂下は、思い出したようにそこに舌を這わせた。今度はちゃんと斑目を悦《よろこ》ばせようと、口に含んで舌を絡ませる。

しかし、そんな坂下をからかうように力強く尻に指を喰《く》い込まされ、歯を立てられて舐《な》め回された。また、口に含んでいた斑目を放してしまう。

「んぁ！　……はぁ……っ、んぁあっ！」

もう、許して欲しかった。

これ以上、そこばかりいじられていると、どうにかなってしまいそうだ。男であるはずなのに、そこはまるではじめから斑目を受け入れるためにある場所であるかのように熟している。今ならわずかな痛みも感じずに、斑目を呑み込めるだろう。

早く欲しくて、そして早く繋《つな》がりたくてたまらない。

けれども斑目は愛撫をやめようとしなかった。躰の隅々まで愛してしまわないと、次のステップに進むつもりはないというように舌を這わせていく。

「ぁ……、……斑目さん……、……もう……」

たまらず、坂下は懇願した。催促するなんてはしたないと思うが、もう限界だった。

これ以上、待てない。

「どうした? もう我慢できねぇか」

「……でき、……ま……せ……、……もう、……斑目さ……」

「いいぞ」

斑目は坂下の下から這い出ると、俯《うつぶ》せになったままの坂下の上に覆い被《かぶ》さるようにシーツに手をついた。すぐ背後に斑目の気配を感じ、後ろから挿入するつもりなのだとわかって心が濡れる。動物のような格好で、斑目を受け入れるのだ。シーツを掴み、欲しがる自分を抑えながらその時を待つ。

斑目はそんな坂下を愉しむように、わざとゆっくりと指を這わせ、尻の谷間へと滑らせていった。そして、蕾を探り当てたかと思うと指を二本挿入する。

「ああっ!」

「もう、十分ほぐれてるな」

「……んぁ、……あっ」

欲しくて欲しくて、自分の奥底から湧《わ》き出る声を抑えることができない。こんなにはしたない男だっただろうかと思いながらも、願うのはただ一つのことだ。

「斑目さん……、……はぁ……っ、……斑目さ……」

「そんなに欲しいか、先生」

「ぁ……」

頭に唇を押し当てられ、ぞくぞくしたものが背中を這い上がっていく。呼吸はさらに小刻みになり、追いつめられていった。

「先生……、指じゃ足りねぇんだろう?」

指がそろそろと出ていき、屹立の先端をあてがったまま囁かれる。

挿入される瞬間というのが、一番恥ずかしい。

ひとたび押し寄せる快楽にどっぷりと浸《つ》かってしまえば、我を忘れてしまえる。何も考えられないほど夢中になれる。けれどもこうして斑目を待ち、身構えている時というのは、どうしたらいいのかわからない。

「欲しいか?」

「欲し……」

「欲しがってる先生は、可愛《かわい》いよ」

「あ、あ、ぁあっ!」

先端をねじ込まれ、徐々に拡《ひろ》げられていった。いきり立つ斑目の屹立は熱くて、自分の中の浅ましい獣が悦びに咽《むせ》ぶのを感じずにはいられない。

「ぁあ……っ！」

少しずつ押し入ってくる斑目に、坂下は意識を集中させた。早く奥まで欲しくて、尻を突き出すようにして斑目を迎え入れようとする。

「先生……っ、……いつの間に……そんな格好、覚えたんだ？」

「ぁあっ、……ぁ……、……あ」

欲情したしゃがれ声を聞かされながら、斑目が侵入してくるのを感じていた。

「早、く……、……んっ、……」

「『奥まで来て』って、言ってみてくれよ」

ギリギリまで焦《じ》らされ、その求めに応える。

「奥、まで……、……奥まで、……来てくださ……っ」

言った瞬間、斑目が喉の奥でクッと笑ったのがわかった。

「……先生っ、……グッときたよ」

「ぁあっ、……はぁ……っ、――んぁああ！」

坂下は、躰を反り返らせながら掠《かす》れた声をあげた。一気に貫かれ、あまりの衝撃に散々焦らされた躰は歓喜していた。

「んぁ……、ぁああ……、……はぁ……、……あぁ」

まだ挿入されただけだが、凄絶な快感に躰が震えている。斑目が動かずとも、押し入られ、内側から圧迫される感覚は言葉にならないほどの衝撃と快感に満ちていた。

両手で尻を掴まれて揉みほぐされると、より深い愉悦の中に堕《お》ちていくのがわかる。

「ぁ……、あ、あ、……んぁ」

繋がっている——押し広げられた場所で斑目を感じ、味わっていた。

顎《あご》に手をかけられ、後ろを向かされて素直に従う。腰を反り返らせ、尻を突き出した格好で唇を重ねられると、坂下は自ら唇を開いて斑目の熱い舌を受け入れた。

「ん……、んっ、——んんっ！　……ん」

舌を絡ませ合いながら、やんわりと腰を回す斑目の探るような愛し方に溺れていく。できるだけ深く呑み込みたくて、さらに躰を反り返らせ、猫のように尻を突き出して斑目を求めた。その荒々しい息遣いが、坂下をより昂《たかぶ》らせているのは言うまでもない。

「ぁ……、……ん、……んぁ……」

「先生、可愛いぞ。……はぁ……っ、こんなに……っ、俺を夢中にさせるのは、……先生、だけだよ、……はぁ」

「はぁ……、……あぁ……、……あっ、……そこ……、……そこ……っ」

夢中なのは自分のほうだと思いながらも、斑目も自分と同じ気持ちなのだとわかり、嬉《うれ》しくなる。

「わかるか？　俺のが、……先生の、中を……、……出入り、してる」

「んぁ……、ぁあっ、……わかり、ます……っ、……わかります……っ、……んぁあっ」

「……はぁ……っ、先生……っ」

ゆるりゆるりと躰を前後に揺さぶられていたが、次第に動きは激しくなっていき、斑目の声にも余裕がなくなっていった。その息遣いがより獣じみたものへと変貌《へんぼう》していくにつれ、坂下もまた高みへと近づいていく。

「んぁ、……斑目さん……っ、……ぁあっ、あ、あっ、斑目さん……っ！」

「イきそうか？」

「……はぁ……っ、……イき……そ……、……もう……、……も……」

「俺もだよ、……っく、俺も……イっちまいそうだ」

その動きと同じリズムで、坂下の尻に斑目の脚が当たる音が耳に入ってくる。浅ましい行為の様子に包まれ、深く溺れた。シーツに顔を埋《うず》めて声を押し殺しながら、与えられるものを貪欲《どんよく》に貪《むさぼ》っている。

「んぁ、あ、あ、あっ、はぁっ！」

高みが、すぐ近くまで来ていた。乱暴に揺さぶられながらも、それ以上に深く欲する自分を感じている。

「……んぁ、あ、ぁあっ、も……イくっ、……イく……ッ」

「いいぞ、先生。出しちまえ」

「んぁ、はぁっ、あ、あ、――んぁぁあああ……っ！」

次の瞬間、坂下は躰を震わせながら白濁を放っていた。そして同時に、斑目の熱いほとばしりを奥で感じる。深々と咥《くわ》え込んだものが自分の奥で大きく爆《は》ぜたのがわかり、幸福感に満たされた。半ば放心しながら、躰を弛緩させせると、斑目もゆっくりとのしかかってきて、背中に感じる恋人の体温の心地よさに包まれた。

「先生、……締めすぎだ」

苦笑されるが、それは斑目もよかったと言っているのと同じだ。心も躰も満たされているのは自分だけでないとわかる。

うっすらと目を開けると、目の前には放り出した自分の手とそれを優しく包み込む斑目の手があった。肉体労働者の手だ。傷やささくれがあり、指先は荒れてもいるが、いとおしい手だ。指を絡ませ合い、その存在を確かめる。

耳許に唇を押し当てられ、耳に当たる無精髭《ぶしょうひげ》に斑目をより近くに感じながら坂下はゆっくりと目を閉じた。

深く愛し合った後というのは、その余韻がいつまでも残るのがいけない。それはときどきほんのりと、だが確かに坂下を刺激し、ふとした瞬間に鮮明なものとなって坂下を困らせる。

甘い疲労に包まれていた坂下は、ようやく一日を終えて診療所の後片づけをしていた。

斑目と深く愛し合ってからほぼ丸一日経ったというのに、まだふんわりとしたものに包まれている。

（今日は早く寝よう）

悩ましい溜め息をついた坂下は、スリッパを集めてダンボール箱に放り込んで待合室の隅にまとめた。ゴミ箱のゴミを集めて外に出してから診察室に戻り、机の上を片づけ始める。聴診器などの器具を指定の場所に入れ、書類を棚にしまえば終わりだ。

その時、近づいてくる人の気配に気づく。

（斑目さん……？）

昨夜《ゆうべ》の甘い疲労に加えて今日一日の仕事の疲れからか、思考能力も低下しているようで、坂下はすぐに反応しなかった。それをいいことに、尻をギュッと摑まれたかと思うと、さらに力強く揉みほぐされる。

「！」

ぼんやりしていた坂下だが、一気に目が覚めた。愛し合う時は熱い手のひらに翻弄《ほんろう》されるが、ところ構わず触っていいと許可したわけではない。

「ちょっと斑目さん！　何やってるんですか！　いい加減に……」

今日こそ本気で怒ってやるぞと、般若の形相で後ろを振り返り、セクハラを繰り返す恋人を睨《にら》みつける。

しかし、坂下の目に飛び込んできたのは、泣く子も黙るかの有名な妖怪《ようかい》——子泣《こな》きジジィだった。

「——っ！　うぁぁぁぁぁぁああああああ〜〜〜〜〜〜っ！」

坂下は持っていたものを放り投げ、一目散に外に駆け出した。普段は感じないが、診療所は肝試しの舞台にはもってこいというほどオンボロで、いつ妖怪の類《たぐい》が出てきてもおかしくはないのだ。肝試しの季節には少し遅いが、何か出てきてもおかしくはない雰囲気を醸し出しているのは間違いない。

とうとう出たかと思いながら逃げていくと、タイミングよく道の向こうから咥えタバコの斑目が歩いてくるのが見えた。だらしなく靴の踵《かかと》を踏みつぶし、ゆっくりと坂下のほうへ近づいてくる。

「ま、ま、ま、斑目さん……っ！」

「おう、先生。どうした？　俺が来るのを察してお出迎えか〜？　そんなに俺に会いたかったなんて、俺も罪な男だなぁ」

呑気《のんき》なことを言う斑目の言葉は無視して、坂下は必死で訴えた。

「出たんですよ！　診療所にっ、とうとう出たんです！」

「ん〜？　幽霊でも見たか？」

「違います。妖怪ですよ、妖怪！　おんぶしたらどんどん重くなるアレですよっ！」

信じていないのか、斑目は小指で耳をほじりながら何を言っているんだとばかりの顔で坂下のことを見下ろしている。

それも仕方のないことだ。坂下も妖怪なんて今の今まで信じていなかったのだから。

「と、とにかく来てください！」

斑目の腕を摑んで診療所まで引っ張っていくと、敷地の外から恐る恐る中を覗いた。すると、正面の入口のドアの向こうに小さな老人の影が映っている。

「ほら、いた！」

坂下が言うのと同時に、ドアがゆっくりと開くのがわかった。最近蝶番《ちょうつがい》部分の調子が悪く、ギィイィイと金属が擦《こす》れる音が不気味に響く。月の光がやたら明るいのも、人ならぬ者の存在を肯定したくなる理由の一つだ。

幻想的な光に照らされた診療所を見ながらゴクリと唾《つば》を飲み、小声で言う。

「ここここ子泣き、ジジィですよ」

指差した先に見えるのは、妖怪が躰を左右にゆっくりと揺らしながら診療所の中から出てくる姿だ。月の光を浴びるその様子は、やはりどう見ても人間とは思えない。

しかも妖怪は立ち止まると、二人の姿を見てにんまりと笑った。

「おお～、斑目ぇ。久し振りじゃのう」

「ひ……っ」

まさか言葉を発するとは思っていなかったため、坂下は思わず逃げ出しそうになった。しかし、はたと気づく。

(今、斑目って言った？)

斑目を見ると、ニヤリと笑って咥えていたタバコを指で挟み、ふーっと紫煙を吐いた。そして、老人のほうへと近づいていく。

「まだ生きてたか、ジジィ。くたばったかと思ってたぞ」

「それはこっちの台詞《せりふ》じゃ。まったく、雲隠れしてから連絡一つよこさんで、この罰当たりめが」

「俺の連絡を待ってたとは思えねぇがなぁ」

「生意気なことばっかり言うのう。これでも弟子のことは気にかけておる」

「そりゃ初耳だな」

坂下はポカンとしたまま、会話を交わす二人を見ていた。こうして改めて見ると、子泣き

ジジィだと思っていた老人がちゃんと人間であることはわかる。まともな会話ができるし、何よりおぶってくれとは言わない。

「あの……、お二人はお知り合いですか？」

恐る恐る二人の会話に割って入ると、斑目が忘れていたとばかりに老人を紹介してくれる。

「おう、このジジィは俺の師匠みたいなもんだ」

「師匠って……お医者さんですか？」

「妖怪じゃないぞ。久住庄吉《くずみしょうきち》っちゅー名前もちゃんとある」

ひっひっひっひ……、と笑う老人に、思わず躰を小さくした。悪気はなかったとはいえ、妖怪妖怪と騒ぎ立てるとは、なんて失礼なのだろうと反省する。しかし、老人は気分を害した様子はなく、むしろ愉しそうにしていた。

「子泣きジジィ扱いされたのは初めてじゃぞ」

「……すみません。坂下晴紀《はるき》といいます。この診療所の医者です」

恥ずかしくて申し訳なくて、穴があったら入りたい気分だ。いくらなんでも初対面で子泣きジジィはないだろうと、我ながら呆れる。

「えっと……どうぞ、中に。お茶でも淹《い》れますから」

「茶ぁかぁ。茶もいいが、酒がいいのう」

「飲みに行くか。先生も今日はもう店じまいなんだろう？　たまにはゆっくり飲んでリフレッシュしたほうがいいぞ」

「わしの奢《おご》りじゃ。その代わり旨《うま》いもん喰わせてくれい。わしゃもう腹ペコじゃ」

久住が腹をさすりながら訴えるため、外に食事に出ることにする。

それから坂下は診療所の戸締まりをし、久住を連れて斑目と行きつけの角打《かくう》ちの暖簾《のれん》を潜《くぐ》った。小さなカウンター席が空いていたため久住を挟んでそこに立った。背の低い久住のために店の隅にあったビールケースを持ってきて、大皿に並んだ料理を肴《さかな》に芋焼酎《いもじょうちゅう》をロックで飲み始める。

安いが、ここの料理はこの街の連中もイチオシと口を揃《そろ》えるほどの旨さだ。久住も気に入ったようで、里芋の煮つけを口に放り込んで満面の笑みを湛《たた》えている。

「んまいの〜。汚い店じゃが、料理はかなりの腕じゃ」

久住は老人とは思えないほどの食欲で、味のしみた大根の煮つけに手をつけ、煮卵も二つペロリと食べた。横で見ていて圧倒されるばかりだ。

「ところで久住先生は、今何をされてるんです？」

「引退したばっかりじゃ。離島でしばらく医者をやっちょった。わしが行く前は交代で医者が派遣されよったんじゃが、定住する医者が欲しい言われてのう」

「へぇ、離島ですか」

「もうわしも歳じゃ。短い時間じゃったが、十分働いた。これからは遊んで暮らすんじゃ」

自由を満喫している久住を見ていると、大変な仕事だったのだろうと想像できた。一人で診療所を続ける坂下も同じような環境と言えるが、久住は高齢だ。まだまだ体力のある坂下と同じようにはいかないだろう。

「じゃあ、これからゆっくりできますね。こちらには何をしに来られたんです？　どのくらい滞在されるご予定なんですか？」

「そうじゃなぁ、気の赴くままあちこち立ち寄っておるからのう。予定は未定というやつじゃよ」

「何もない街ですけど、いくらでもいてください。歓迎しますよ。泊まる場所はあるんですか？」

「そんなことより、お前さんが聞きたいことは他にあるんじゃないか〜？」

久住は、にんまりと笑って坂下を見た。

実のところ、斑目の師匠と聞いて興味が湧いていたのだ。気にならないはずがない。聞くと、ゴッドハンドと呼ばれるようになる前から斑目を知っているという。しかも、斑目に外科医としての技術を叩き込んだのも、この久住だというのだ。

「師匠って……やっぱりそういうことだったんですか」

「そうじゃ。昔はこいつも青臭いところがあってのう」

青臭いと聞いて、ますます興味が湧いてくる。

自分の知らない斑目について聞くチャンスだ。いつもセクハラを仕掛けられている身としては、その話はぜひとも聞きたい。

斑目もわかっているらしく、久住に斑目のことについていろいろ聞こうと目を輝かせている坂下を見て、何やら言いたげな顔をしていた。その表情を見ると、悪戯《いたずら》心が頭をもたげる。

「ねぇねぇ、久住先生。青臭いって、どういうところが青臭かったんですか？」

「欲じゃよ。技術の習得に貪欲でな、出世欲もあった。たかが医者風情が、すべてを牛耳ってやると思っておる節もあってなぁ。まぁ、はじめから群を抜いて器用じゃったぶん、その気持ちが強くなるのもわかる」

「へぇ、出世欲ですか」

今の斑目からは想像できない姿だ。金にも地位にも興味がなく、日雇いで稼いでは毎日ふらふらしている男がそんなふうにギラギラしていた時期があったなんて、意外だ。

「こやつが初めて手術をした時はな、わしが執刀医じゃった。意気込みすぎてな、手術は無事終えたが、ほとんど役に立たんでのう、悔しがっておったなぁ。自分はもっとできると思っておったんじゃろ」

「そんなこともあったんですか」

「人目を盗んで己に悪態ついておってなぁ、まったく若い若い。ひゃっひゃっひゃ」

「ジジィ、もうその辺にしてくれ」

勘弁してくれ……、とばかりに斑目は困り果てた声で言うが、久住は続ける。

「しかし、こやつは見込みがあった。次の手術では、嘘《うそ》みたいに堂々としおってな、小生意気な奴じゃと思ったもんじゃ。じゃからわしもこいつを仕込んだんじゃよ。それなのに己の腕に溺れた時期もあってのう。この馬鹿めが」

「久住先生の言葉は届かなかったんですか？」

「わしが言うて聞くもんかい。それにな、ああいうことは自分で気づかんと、なんにもならん。幸か不幸か、こやつは技術に溺れたくなるほどの腕を手に入れてしもうてのう。しかし、もう心配することもないようじゃ」

今の斑目を見てそう思ったのだろう。なぜか、その言葉が坂下には嬉しかった。まるで自分が言われたように感じる。

「そういや龍《りゅう》がこっちに来たじゃろ。お前によー尻ば向けよった男じゃ」

「北原《きたはら》さんを知ってるんですか？」

「当たり前じゃ。あれも相当の馬鹿もんじゃったがのう」

坂下は、斑目ともう一度組みたいと言って街にやってきた男のことを思い出した。妖《あや》しい色香を振りまく美形の凄腕《すごうで》医師。斑目と組んでいただけあり、北原もかなりの腕を持っていた。

不意に真面目《まじめ》な顔をした久住が、静かに言う。

「お前さん、あやつの目の前で自分の手ぇ切ったらしいのう」

斑目は答えなかったが、まるで悪さをして怒られる悪ガキのような顔で焼酎を飲み干した。残ったロックアイスがグラスの中でカランと音を立てると、焼酎のボトルに手を伸ばし、グラスに並々とつぐ。

「どうせ奴を帰らせるためにやったんじゃろうが、手は無事のようじゃな」

「一か八かやってみたら、たまたま上手くいった」

「馬鹿もんが」

笑っているが、弟子の無茶を怒っているのはわかった。それは、外科医としての腕を惜しんでのことではない。斑目本人のことを心配しているのだ。

斑目もそれはわかっているようで、黙って焼酎を呷《あお》る。

その横顔から、深い反省の気持ちが伝わってきた。

「大丈夫ですよ、久住先生。もうあんな無茶はしないように、俺が監視してますから」

久住に言うと、久住は坂下をじっと見てにんまりと笑う。

「そうか。そうじゃな。お前さんみたいなしっかりした嫁さんがおるなら、心配はいらん」

「――ぐ……っ」

サラリとすごいことを言われ、坂下は焼酎を吹きそうになった。なんとか堪《こら》えたが、久住は上機嫌でさらに言う。

「何年生きとると思っておるんじゃ。わしゃいろんなもん見てきた。お前さんのような生まれたばかりの赤ん坊のことなんぞ、ひと目見ただけでわかる」

かっかっかっか……、と高笑いが店内に響いた。

坂下は、どういう顔をしていいのかわからず、メガネを中指で押し上げながら里芋の煮っころがしを口に放り込む。久住の向こうに見える斑目は、自分に矛先が向かないように澄ました顔で焼酎を飲んでいた。

やはり斑目の師匠と言われるだけはあり、侮れない老人だと痛感するのだった。

三時間後。坂下は、眠ってしまった久住をおぶった斑目と並んで診療所のほうへ歩いていた。街はすっかり寝静まっており、猫の子一匹見当たらない。時折、ホームレスが眠っている路上で、寝言のような声が聞こえてくるだけだ。

生暖かい風を顔に浴びながら、ゆっくりと夜の散歩を楽しむ。

「今日は月が明るいですね」

坂下は、空を見上げた。すると、斑目もそれに倣って上を見る。

月がきれいで、夜空を見上げながら歩いていると心地よかった。診療所まで遠回りして帰りたい気分だ。鈴虫の声が聞こえてくるのも、この時間を贅沢なものにさせるのに一役買っている。

常に金欠でギリギリの生活を送っているが、どうしてこんなに満たされているのだろうかと思うほど、充実していた。世の中金がすべてでないとはわかっているが、それでもこんなにも幸せを感じられるなんて、この街に来た頃は想像もしなかったことだ。

「きれいな月だなぁ」

「先生のほうがきれいだぞ」

ふざけた斑目の言葉に、思わず笑った。ロマンチックな台詞がこれほど似合わない男は、そういないだろう。そんな似合わない台詞をこれほど躊躇《ちゅうちょ》なく言えてしまう男も、またずらしい。

だが、見せつけるほどの野性的な魅力のせいもあってか、似合わないはずの台詞に心が揺れているのも感じていた。

男が言われて嬉しいはずもない言葉に、どこか酔っている。

「そういうこと、昔も言ってきたんですか？」

「馬鹿言え。先生だけだよ」

「どうだか」

斑目の背中に摑まっている久住を覗くと、気持ちよさそうに鼾《いびき》をかいていた。ときどき、寝言のような声が聞こえてきて、思わず肩を震わせる。寝ていても笑った表情なのがわかり、さぞかしいい夢を見ているのだろうと思う。

「だけど、久住先生って面白い人ですね」

「このジジィは昔からこんなだな。病院でも浮いてたよ」

「斑目さんの師匠ですもんね。わかる気がします。双葉さんがいたら、久住先生とすごく仲良くなりそうですよ」

「確かにな。あいつとジジィの波長は合うぞ」

坂下は、遠くの街で一歩を踏み出した双葉に思いを馳《は》せた。この街に来て、最初に坂下を信用してくれた男の一人だ。ともにたくさんのことを乗り越えてきた。

「双葉さん、がんばってるみたいですね。充実してるって葉書に書いてました」

「あいつがいなくなって寂しいか?」

「まぁ、一応斑目さんがいますから」

その言葉に、斑目はククッと笑う。

「ところで、ジジィの寝場所だが……」

「いいですよ。しばらくうちにお泊めします。最初からそのつもりでしたし」

「悪いな。今度ちゃんと礼をするよ」

「いいえ。どんなにお元気でも、やっぱりご老体には簡易宿泊所での寝泊まりは厳しいでしょうから」

「そんなに安請け合いしていいのか？　このジジィは普通の老人じゃねぇぞ」

「大丈夫です。いつも斑目さんに手を焼かされてますから。それに、まだまだ斑目さんの若かりし頃の話を聞いてみたいですし」

　悪戯っぽい目で言うと、斑目は面白いとばかりに挑戦的な視線を返してきた。

「このジジィは想像をはるかに超えるんだがな」

「大丈夫ですって」

「じゃあ、頼んだぞ」

「はい」

　まだ蒸し暑い夜の街を二人で歩きながら、坂下は診療所までの道がもう少し長ければいいと思った。いつまでも、この平和が続くといい。

　坂下は、こんな時間をともに過ごすことができる相手と出会えたことに感謝していた。

久住がとんでもないジジィだと痛感するまでに、時間は必要なかった。

「久住先生。いい加減に待合室で騒ぐのはやめてください！」

診察室から出てきた坂下は、久住たちが作っている輪に向かって歩いていき、仁王立ちになった。足元には、箱で作った土俵と人形が置いてある。

久住が興じているのは、紙相撲《かみずもう》だ。

待合室では毎日のようにチンチロリンなどの賭《か》け事をやったり、オヤジ連中と一緒にいかがわしい雑誌を読んでキャッキャと騒いだりと遊びに余念がない。とても老人とは思えない気力と体力を発揮している。

「なんじゃ〜。ちょっとくらいいいじゃろうが」

「ちょっとじゃないでしょう！」

そう言って坂下は身を屈《かが》め、久住たちが遊んでいる紙相撲の人形を手に取った。そこに描かれているのは力士ではなく、女性の絵だ。しかも、上半身は裸でTバックの下着をつけている。また、胸の膨らみは男の身勝手な理想そのままに巨大なものが多く、ご丁寧にも胸の先端には乳首まで描かれてあった。

しかも、紙相撲にしてはかなりのグレードで、単に二つ折りにするのではなく複雑な造りになっている。立体的なそれは、よくもここまで器用に造形できたなと感心するほどだ。

（こういうことだけは真剣にやるんだから……）

それをじっと眺め、久住たちを冷たい視線で見下ろしてやる。

「なんですかこれは」

冷ややかに言うと、オヤジ連中はバツが悪そうに肩をすぼめ、お前が答えろとお互い小突き合っている。しかし久住はというと、まったく反省の色を見せず、それどころか得意げに言った。

「女相撲じゃよ、女相撲。お前さん、女相撲は知らんのか?」

「俺が知ってる女相撲は、こういう格好はしてませんよ。こんな破廉恥なものを作って遊ぶなんて、女性に失礼じゃないですか」

「バブルの頃は本当にあったんじゃよ〜。Tバックのおなごらがぬるぬるの土俵で相撲を取るんじゃ。もちろん、おなごも喜んでおったぞ。みんなでぬるぬるになって遊ぶんじゃ」

周りで聞いていたオヤジどもが、にわかに沸き立つ。

「それがよ、聞いてくれよ先生。久住先生の話はすげぇんだって!」

「こうやってお互い組み合うだろ。でな、ぬるぬる〜、ぬるぬる〜って滑るんだってよ。尻や太腿がぷるんぷるんと揺れてな、おっぱいもぽろんだってよ〜」

待合室がドッと沸いた。頬を赤らめ、声をあげて笑いながらお互い躰をくねくねさせて喜んでいる。

「おっぱいぽろ〜ん、太腿ぷるる〜ん。お尻ぼんよよよ〜〜〜〜ん」

「いいなぁ、俺も女相撲でぬるぬるしてぇぞ」

「俺はガールズバーの心愛《ここあ》ちゃんとぬるぬるしてぇな〜」

「俺はグラビアアイドルの飯塚《いいづか》咲《さき》ちゃんだ。あのデカいヒップで俺の顔を踏んでくれたら死んでもいいっ！」

「俺は越野《こしの》ゆかりちゃんだ」

「はぁ〜〜。俺もう想像しただけで天国行きそうだよぉ〜〜〜」

「何が天国ですか！　最低最悪です！」

妄想に取りつかれた連中の顔のだらしないことといったら……。

口を半開きにし、視線を上に向けてその世界にどっぷりと浸かっている。中には、涎《よだれ》を垂らして慌てて手の甲で拭《ぬぐ》っている者もいた。

想像するのは本人の自由とはいえ、自分の診療所をこんないかがわしい妄想でいっぱいにされたくない。空気がピンク色に染まりそうだ。

「神聖な診療所でそういういやらしい妄想をしない！」

スリッパを脱ぎ、妄想しているオヤジどもの頭をスパパパーン、と連続して叩いてやった。ブーイングが湧き上がるが、坂下は耳など傾けるものかと、ぞんざいにオヤジどもを追っ払いにかかる。

「ほら！　こんなところで油売ってないで、遊ぶなら外で遊んできてください！」

「ええ～、外は暑いんだよ～」

「ここでも暑い暑いって文句ばっかり言ってるじゃないですか」

「外はもっと暑いんだよ～」

「いいから外で遊ぶ！　ほらほら、行った行った！」

夏休み中の子供を叱るお母さんのような厳しい口調で連中を外に追い出すと、坂下は深々と溜め息をついた。今の今まで騒がしかった待合室は、シンと静まり返る。

久住はというと、先ほどの狂騒とは無関係だという涼しい顔をしていた。主犯と言って間違いないというのに、よくもまぁそんな堂々としていられるものだと思う。

「もう、久住先生。街のみんなに変な入れ知恵しないでください」

「そんなん言われても知ら～ん」

「あ、あのねぇ」

老人だからと今まで遠慮してきたが、スリッパで小突いてやりたくなってきた。

「先生っ、急患だ！」

坂下が顔を上げると、男が二人、運び込まれてくる。二人とも四十、五十代くらいの年齢だろうか。

血だらけで、顔や腕に小さいが深そうな傷がいくつもあった。話を聞くと、昼間から酒を飲んでいて喧嘩《けんか》になったらしい。揉み合いになった挙げ句、勢い余って廃品回収をしていた男のリヤカーに突っ込み、この状態になったという。どうやら、リヤカーの中には有刺鉄線が入っていたようだ。

「中に運んでください」

久住への小言は休止し、すぐに治療を始めようとするが、二人はなかなか診察室に入ろうとしなかった。いがみ合い、牽制し合っている。

「そいつが先に……っ、俺に殴りかかってきたんだよっ」

「なんだとぉ！　そっちが俺に因縁つけたからだろうが！」

「こら、二人ともやめろ！　せっかく先生が診てくれるんだ！」

再び殴り合いになりそうだったためリヤカーの男とともに慌てて割って入るが、興奮した二人の男に坂下たちの声は届かない。勢い余って男の肘が口に当たり、唇を切ってしまう。

「まぁまぁ。これでも見て、落ち着かんかい」

「ちょっと、久住先生。何やってるんですか。危ないですって」

興奮した男たちに近づくのは自分たちに任せろと訴えるが、久住は落ち着いたものだ。

「ほれほれ、ええおっぱいじゃろうが。治療が終わったらやるぞ？　いくらでも拝ませちゃるぞ？　喧嘩なんぞしても一円の得にもならん。それよりおなごの裸見たほうがええぞ？」

興奮した二人には、とぼけた老人の態度は効果的だったようだ。しかもこの場面で、グラビア写真を出されて毒気を抜かれている。

急に熱が冷めたようで、ぶつぶつと言いながらも、二人は診察室に入った。いったん落ち着きを取り戻すと痛みが襲ってきたようで、二人とも顔をしかめて痛みに耐えている。

「それじゃあ見せてください」

椅子を二つ並べてそれに座らせ、ケガの状態を診てみた。かなり深い傷もあり、治療には時間がかかりそうだ。傷の幅はせいぜい二、三センチだが深さがあるため、縫う必要がある傷も多い。二人の状態を見比べて、酷いほうから治療にかかる。

「じゃあ、あなたから始めますね。何ヵ所か縫いますので」

「なんでこいつからなんだよ！」

後回しにされたのが面白くなかったのだろう。一度は落ち着いていたが、再び怒りを露《あら》わにした。

「まぁまぁ。そういきり立つな。わしがぬるぬる相撲の話をしてやろうかの」

「ちょっと、久住先生」

「治療を待っとる間に、楽しい話をしてもええじゃろうが。わしは酒が入っておって手伝いはできんからの」

「なんだジジィ。なんでてめぇの話聞かなきゃなんねぇんだよ」

「おなごとぬるぬるする話じゃ。聞きたくないのか？」

「……なんだそれは」

どうやら興味を持ったようで、男は診察ベッドの上に座る久住をじっと見た。勿体《もったい》ぶってすぐに答えないのが、さらに男の好奇心を煽ったようだ。

久住は十分に男たちの気持ちを引きつけてから、子供たちに昔話を聞かせる語部《かたりべ》のように話を始める。

「あれはバブルの頃じゃった〜。わしは同僚に誘われてある繁華街の路地の奥にある完全会員制の店に入ったんじゃ。飲んでおるとな、店の奥から下着姿のおなごたちがやってきたんじゃよ。ステージの中央には、ぬるぬるの土俵があってな、そこでおなご同士が相撲を取るんじゃ。もちろん男が参加するのもオッケーじゃ。バブルの頃はみんなどっかおかしかったからのぅ。遊びも今とは桁外《けたはず》れじゃった」

「ああ。あの頃は俺も羽振りがよかった」

懐が常に潤っていた時代を思い出してか、男の態度が軟化する。これ幸いと、久住がぬるぬる相撲の話をしている中、坂下は治療に専念した。

男は素っ気ない態度で久住の話を聞いていたが、そのうち自分から質問を始める。しかも、二人を連れてきた男までもが久住の話に興味津々で、ゴクリと唾を飲み込んで話に耳を傾けていた。

さらに治療を受けている男も、耳は久住のほうを向いている。動かないでくれと言っても、そちらに神経が集中しているため、坂下の注意など上の空だ。

「それでな、勢い余っておっぱいぽろんじゃ。Fカップもあると、乳が納まりきれんのじゃろうなぁ。そのうちおなごたちは互いのブラを剥《は》ぎ取り合ってな、みぃ～んなおっぱい丸出しでキャッキャと互いの乳を揉み合って笑っとるんじゃよ。陽気でいい娘《こ》たちじゃった」

「くそ、いいなぁ」

ボソリと、男の口から本音が吐露された。

「若いおなごと一緒にキャッキャするのは楽しかったぞ～」

「バブルかぁ。もう一度来て欲しいなぁ」

「俺も経験してぇよ、バブル」

久住を羨《うらや》ましがる男たちを尻目に、ざくざくと傷を縫っていき、一人終わらせて次に取りかかる。久住が気を紛らわせてくれていたためか、男は遅いと文句を言うでもなく、素直に治療を受けてくれた。

最後は、喧嘩をしていたことすらすっかり忘れてしまったかのように、久住の話に聞き入っている。

男たちがおとなしくしていたおかげで治療は早く終わり、治療費は即金で払ってもらうこととなった。二人にしばらくは消毒に来るよう言って、今日は帰ってもらう。

久住と二人になると、とりあえず礼は言うべきだと、頭を下げた。

「久住先生、ご協力ありがとうございました。おかげですんなり治療できました」

「お前さん、毎日あんなに全力でここの男どもの相手をしとるんか？　それじゃあ躰が持たんじゃろ。力の抜き方くらい覚えたほうがええぞ？」

「自分でも対処が下手だってわかってますよ。だからって何もあんな話しなくっても。他に何かいい話題はなかったんですか？」

「あやつらの頭の中をいっぱいにするのは、おなごの話じゃよ」

確かにそうだ。真面目なだけでは、この街の男たちと渡り合うことはできない。斑目や久住のように、肩の力を上手く抜くことが必要だ。

そんなことを考えていると、久住はどんまいとばかりに坂下の尻を二回叩く。

「お前さんはまだ若い。これからじゃ。さて、わしは外で遊んでこよ〜っと！」

スキップをしながら外に行く久住を見送り、坂下は軽い溜め息をついて診察室に戻った。

それからしばらく静かだったが、外で何やら騒ぐ声が聞こえ始める。どうやら青空カラオケを楽しんでいるらしい。

カラオケならいいかと、遠くから聞こえる男たちの楽しげな声をＢＧＭに、雑用を片づけていた。すると、診察室のドアが開いて斑目が入ってくる。

「よぉ、先生」

「あ、斑目さん。仕事終わったんですか？」

今日もしっかり働いてきたようで、微《かす》かに汗の匂《にお》いがした。どこか淫靡《いんび》なものを感じずにはいられなくて、思わず身構えてしまう。

「なんです？」

「ジジィが外で騒いでるぞ。放っておいていいのか？」

「まぁ、カラオケくらいならいいでしょう。青空カラオケなんて前からみんなよくやってますし」

坂下がそう言うと、斑目は何やら言いたそうな顔をしている。

「普通にカラオケしてるふうに聞こえるか？」

耳を澄ましたが、歌声が聞こえるだけで何が起きているかわからない。だが、斑目の顔を見て何か嫌な予感を抱いた坂下は、慌てて外に駆けていった。大盛り上がりしている連中をかき分けていくと、道路にはチョークのようなもので女性の裸体の絵が描かれてある。

「外で何やってるんですか！」

「おう、先生。このカラオケは盛り上がるぞ～」

どうやら連中は得点の出るハンディカラオケを使って、すごろくのような遊びをしているようだ。八十五点以上の点数が出ると、一つマスを進めるようになっている。

ポイントは足元から始まり、股間、へそ、右の乳首、左の乳首、と進んでいき、マリリン・モンローばりのセクシーな唇がゴールだ。しかも、駒の代わりに使っているのは、公園からむしってきた花だ。

八十五点のハードルは高くてなかなか前に駒を進められないらしく、股間のところがお花畑になっていた。

一番早くゴールした者には、ストリップショーの割引券という商品が用意されている。酒が入っていることを差し引いても、大の大人がこういうことをして遊んで楽しんでいるなんて呆れる。

「道路に落書きしない！　道路で遊ばない！　それから公園の花をむしらない！」

「しょうがねぇな、公園行くか」

「行くぞ、皆の者！　カップ酒を買い込んで公園で仕切り直しじゃ！　わしの奢りじゃぞ。つまみは一人五百円までじゃ」

久住の奢りと聞いて、ますます盛り上がった男たちは急いで公園へと移動する。オヤジどもが遠足に行くように仲良く公園に向かっている姿を見送って、坂下は脱力した。

それを見た斑目が、笑いながら診療所から出てくる。

「手ぇ焼かされてるようだな」

「想像を超えるパワーです」

「あのジジィに何を言っても無駄だ」

「さすがに斑目さんの師匠ですよ。まったく、次から次へとくだらない遊びを思いつくところは、久住先生譲りですね」

「疲れてるんなら、俺が先生の躰を揉んでやろうか～？」

背後から声をかけられるが、どっぷりと疲れた坂下には怒る気力もなく、前屈みになりながら診療所の中へ戻っていった。


久住が診療所に来てから、約二週間。一日の仕事を終えた坂下は二階の窓を開け、タバコを吹かしながら手の焼ける老人のことを話していた。

「そうなんですよ。もう大変で」

電話の相手は、双葉だ。いつもは葉書のやりとりだが、めずらしく電話をかけてきてくれたのである。久々に聞く双葉の声に、ついつい話し込んでしまう。

『へぇ、斑目さんを仕込んだ医者っすか。俺も会ってみたかったなぁ』

「すごく元気なんですよ。生き生き飲んで歩いてるっていうか」

『いいなー。俺もたまにはそっちに遊びに行きたいっす』

「いつでも来てください。その時はみんなで飲みましょう」

『あの角打ちの切り干し大根、ときどき食べたくなるんっすよね～』

街を懐かしむ双葉の言葉に、坂下は少しだけしんみりした。

もう新しい生活を始め、目標に向かって前進しているが、過去を捨てたわけではない。この街で過ごしてきた数年間は、双葉にとっていとおしいものになっているだろう。

坂下がこの街を愛しているのと同じように、双葉もまた、この街を愛している。

「双葉さんがいなくなって寂しいけど、こっちはみんな元気にやってます」

『ときどき、先生や街のみんなに会いたくなるよ』

「双葉さん……」

少しの沈黙があった。まるで受話器の向こうの互いの存在を感じ合っているかのようだ。

『そんな時は、先生から貰った葉書を読み返してるんだ。先生があの街でがんばってる姿を想像して、俺もがんばろうって思って仕事してる。洋と暮らすっていう目標があるから、途中でくじけたら先生に顔向けできないっす』

坂下は、目を細めて笑った。そんなふうに言ってもらえるなんて、少しは役に立つことができたのだと信じられる。

「夢が叶ったら、会いに来てくださいね。俺はずっとここにいますから」

『そうっすね。大好きな先生に、俺の成長した姿見せなきゃ』

「ええ、待ってます」

他人に聞かれたら遠距離恋愛中の恋人同士の会話に聞こえるだろうと思いながら、双葉への深い友情を自分の中に感じる。

その時、窓の外に見える通りに人影を見つけた。街灯に照らされたのは、斑目の姿だ。

「あ。斑目さんだ」

『ちょっと、せっかく俺とらぶらぶな会話をしてたってのに、何堂々とオノロケ発言してるんっすか。これからデートっすか？』

「そんなんじゃないですよ。久住先生が毎日のように飲み歩いて店でつぶれてるから、ここまで連れて帰ってきてくれるんです」

そう言ったところで、斑目が坂下に気づいて窓のほうを見上げた。そして軽く手を挙げて、今からそっちに行くと手で合図を送られる。

「やっぱり酔いつぶれて帰ってきたみたいです」

『あ〜あ、旦那《だんな》が帰ってきたんなら、俺は遠慮しますかね』

「ちょっと。旦那って、なんですかそれ」

『あははは……。じゃあ、そろそろ切りますね。明日仕事だし。それにちょっと声聞きたかっただけだから』

「今度は俺が電話します」

もう少し話をしていたい気分だったが、下でドアが開く音がして斑目が入ってきたのがわかった。

『じゃあね、先生。また葉書出すよ』

「はい、俺も葉書書きます」

電話を切った坂下は、すぐさま待合室のほうへ下りていった。すると、久住をおぶった班目が立っている。

小さな躰はその背中にすっぽりと収まっており、可愛らしい。小さな生き物を見ると守ってやりたくなるのと同じで、ぐっすりと眠っている小柄な老人の姿は微笑《ほほえ》ましくすらある。

「久住先生、またつぶれるまで飲んだんですか」

「らしいな。ったく、世話の焼けるジジィだよ」

久住を覗き込むと、酒の匂いがぷんぷんした。いったいどのくらい飲んだのだろう。今日は確か、昼間もオヤジ連中と一緒に酒盛りをしていたはずだ。

連日飲んでは、肝臓を悪くしかねない。

街の連中もそうだが、休肝日を設けるようしっかり指導せねばと責任感のようなものがむくと湧き上がり、明日はガミガミ言ってやるぞと心に決める。

誰《だれ》かが叱《しか》ってやらねば、この老人はいつまでも飲み歩くに違いない。

「久住先生、久住先生、起きてくださ〜い。久住先生っ」

何度か揺り動かすと、気持ちよさそうに寝ていた久住が顔を上げ、寝ぼけ眼で坂下を見た。そして斑目におぶわれたまま大きなあくびを一つし、両手を挙げて伸びをする。

「ふあぁ～～～～。ここはどこじゃ～？」

「診療所ですよ。久住先生が寝泊まりしている診療所です」

「はー、そうじゃったそうじゃった。ここに居候しとるんじゃった」

「ジジィ、下ろすぞ。自分で立てるか？」

「大丈夫じゃ」

久住がそう言うと、斑目はしゃがんで久住を下ろす。

「ひゃ～、今日も飲んでしも～た～」

「――っ！」

斑目の背中から降りた久住を見て、坂下は空いた口が塞《ふさ》がらなかった。なんと、下半身素っ裸なのだ。

斑目に目をやると、『俺に聞くな』とばかりに明後日《あさって》のほうを見ている。

「パ、パンツはどこですか！　パンツはっ！」

坂下が怒鳴ると、久住は「ん～？」と声をあげながら自分の股間を見下ろした。そして、首を傾《かし》げる。

「はて～、どこで脱いできたんかのう」

とぼけたことを言う久住に、坂下は頭を抱えた。すぐに言葉が出ない。

たとえ屈強な男たちばかりが集まる労働者街だとしても、フルチンで歩き回るなんてとんでもないことだ。黄色い悲鳴が上がることはないだろうが、それでも公然わいせつ罪が成立する。

しかも、よく見るとぶら下がっているものを中心に、ゾウの顔が描いてあるのだ。

くだらない遊びに興じていたとわかり、ますます頭が痛くなる。

斑目もよく双葉とふざけて遊んでいたが、久住はその上を行くようだ。さすがに斑目を仕込んだだけはある。外科医としての腕だけではなく、もしかしたら馬鹿げた遊びの楽しみ方まで伝授したのではないかと思った。

「もうこれ以上飲んじゃいけません！　まったく、限度ってものを知らないんだから」

「まぁまぁ、わしはどうせ隠居したし、遊ぶ時間はたんまりある」

「そういう問題じゃないです！　健康にも悪いでしょう！」

医者の不養生というが、久住はまさにそれだ。明日ではなく、この場でガミガミ言わなければいけないと、心を鬼にして目を吊《つ》り上げる。

「わかりました。自分で摂生できないなら、門限を作ります。明日からは夜の十時までに帰ってきてください！」

「十時は女子高生の門限じゃ。そんなの老人虐待じゃ！」

「何わけのわからないこと言ってるんですか。駄目と言ったら駄目です！　久住先生のためにも門限十時です！」

「横暴じゃ！　斑目もなんか言ってやらんかい！」

かつての弟子を味方につけようとしているが、斑目は腕組みしたままあっさりとかつての師匠を裏切る。

「先生の言うことは絶対だからな。俺に訴えても無駄だよ」

「なんじゃお前。わしに味方してくれんのかっ」

斑目が知らん顔をすると、今度は哀れな老人を装って坂下の腕を引っ張り始めた。

「なぁなぁ、せめて十二時にしてくれんか～？」

「だ～め！　かわいこぶっても知りません。門限十時！　一分でも遅れたら、承知しませんからね」

「そんじゃあ、簡易宿泊所に泊まる」

「勝手に外泊も禁止です！　この街にいる間は、俺が目を光らせてますからね！」

ガンとして受けつけない坂下に観念したようだ。ぐぐ……、と言葉を呑み、肩を落とす。

しかし、久住はただで引き下がるような可愛い老人ではなかった。手を口の横に添え、わざと坂下に聞こえるように斑目に耳打ちする。

「お前はいい嫁さんもろーたなぁ。このわし相手に、まったく頼もしいもんじゃ。夜のほうも頼もしいんじゃろうなぁ」

「おう、あんな顔してるが、かなりの絶……」

スパーン、と待合室にいい音が響いた。

素早くスリッパで斑目の頭を叩いた坂下は、今度何か言ったら久住の頭もはたいてやるぞと、わざとスリッパを持ったまま腕組みして見下ろしてやる。

「変な話しないでください。久住先生も、とっとと風呂《ふろ》に入る！」

「ひゃ〜〜っ、妖怪スリッパンじゃ〜〜〜っ」

久住は、急いで二階に駆け上がっていった。その脚力はとても老人のそれではなく、元気すぎる久住に先が思いやられる。

（っていうか、どうして俺たちの関係を知ってるんだ。しかも、どうして疑問に思ってないんだ）

溜め息をつき、否定をするどころか久住に余計なことを言おうとした斑目を恨めしげな目で見てやると、「ん？」と片方の眉《まゆ》を上げてみせた。久住もだが、こちらにも厄介な男がいる。しかし、これ以上何か言っても無駄だと思い、出かける準備を始めた。

少し遅くなってしまったが、ホームレスたちの様子を見に行きたい。

「ところで斑目さん、すみませんけど、俺ちょっと出ますから、先生が風呂で溺れないように出てくるまで部屋で待っててくれませんか？」

「いいが。またホームレスの見回りか？」

「ええ。一、二時間で帰ってきますけど、久住先生は相当お酒も入ってるみたいだから、風呂場で何かあるといけないし」

「おう、任せろ。先生のパンツの匂い嗅《か》ぎながら留守番しといてやる」

一言多い斑目をジロリと睨んだ。

「冗談だよ、冗談」

そう言われても、つい疑いの眼差しを向けてしまう。この不良オヤジが、一度思いついた悪戯をせずにいるなんてにわかに信じられない。

しかし、久住の安全を確保しつつ街の見回りに行けることを考えると、パンツくらいいいかと、逞《たくま》しいことを考えてしまう。

「じゃあ、お願いしておきますね」

「おう、先生のパンツで楽しんでるから、ゆっくりいいぞ～」

最後に背後から見送りの言葉をかけられ、こめかみをピクリとさせながらも相手にしないようグッと堪え、診療所を後にする。向かう先は、まず公園だ。

公園に到着すると、坂下は一番近い場所にあるダンボールハウスに向かった。しかし、二つあるそれは、今日は一つしかない。

「こんばんは～。調子はどうですか～?」

なかなか心を開いてくれないホームレスに声をかけるが、やはり返事はない。それでも諦めず、声をかける。

「咳《せき》はまだ出てます？　今はいいですけど、段々朝晩が冷え込むようになってきますから、気をつけてくださいね。ところで、いつも隣で寝泊まりしている方ですけど、どこに行ったか知りませんか？」

この年老いたホームレスが咳き込んでいたということを教えてくれた男の姿がないのが気になるが、やはり何も知ることはできなかった。

諦め、立ち上がって公園を見渡す。

「いい仕事でも見つかったかなぁ」

他に誰かいないか捜したが、ふとあることに気づいた。

（あれ……？）

ホームレスの姿が減っている気がするのだ。この辺りは比較的住みやすいため、あちらこちらでホームレスの姿を見る。定住と言っていいくらい立派なダンボールハウスを作る者もいるくらいだ。

何人いるか数えたことはないが、ざっと見ただけで少ないと感じる。

「じゃあ、また来ますね」

返事がないことはわかっていたが、最後にそう声をかけてから公園の中をぐるりと歩いてみた。ひぃ、ふぅ、みぃ、と、全体の数を数えてみる。

（やっぱり、ちょっと少ないかなぁ）

首を傾げ、今度はベンチの裏側にあるダンボールハウスを覗いてみた。

「こんばんは。あの〜ちょっといいですか？」

「なんや？」

「この辺りにいたホームレスの方たち、減りませんでした？　もうちょっといた気がするんですけど」

「ああ、俺は知らんなぁ。最近来たばっかだから」

「そうですか。おやすみのところすみませんでした。実は俺、この先の診療所で医者をやってるんですよ。何かあったら遠慮なく来てください」

それだけ言ってから、また歩き出す。

坂下は、公園を出て簡易宿泊所がある辺りまで行ってみることにした。道端に寝転がるホームレスたちの数を数え、路地があればそこを覗き、道端で寝ている者がいればカウントしていく。しかし出入りの激しい街ということもあり確証はなく、一時間ほどかけて声をかけて回ってから診療所に戻ることにした。目に見えてというわけでもないため、特に気にする必要はないだろうと自分を納得させる。

診療所に戻ると、すぐさま二階に向かった。久住がちゃんと風呂から上がったのか心配だったのと、出てくる時に背後からかけられた言葉が気になったからだ。つい、足早になってしまう。

「ただいま～。斑目さん。久住先生は……」

言いかけて、坂下は言葉を呑んだ。

久住はちゃんと布団で寝ていた。全裸ではあったが、一応腹にタオルケットもかかってい
る。問題は斑目だ。あまりの姿に脱力し、柱に手をついて頭を抱えた。怒鳴りつける気力す
らない。

「な、何やってるんだこの人は……」

いったい何をして遊んでいたというのか——。

斑目は坂下のパンツを頭に被ったまま、畳の上で鼾をかいていた。なぜ、そんなに満足げ
なのだと言いたくなる寝顔だ。

深々と溜め息をついた坂下は、疲れた躰を引きずるようにして風呂場へ向かった。

本当にパンツの匂いを嗅いだのかは、考えないことにする。

「ホームレスが街から姿を消してる？」

坂下がその噂《うわさ》を耳にしたのは、見回りの最中にホームレスの姿が減っていると感じてから、

しばらくしてからだった。午後三時を過ぎると仕事を終えた連中が続々と集まってきて、待合室は騒がしくなる。

賭け事をする連中から道具を没収した坂下は、後ろで酢昆布を齧《かじ》りながら酒をかっ喰らっている男たちの話に割って入った。輪になった三人の男の間にしゃがみ込み、詳しく話を聞こうと身を乗り出す。

「それ本当ですか？」

「ああ、そうだよ。俺が知ってるだけでも三人消えたぞ」

「ホラーやなぁ」

「消えたってのは確かなんですよね？」

「ああ、他の奴も言ってたぞー」

待合室にいる他の男たちにも聞いてみると、確かに減っている気がするとみんなが口を揃える。出入りが激しい街とはいえ、こうも多くの人間が同じ印象を持つということは、それなりの理由があるからだと想像した。何かきっとわけがある。

「俺も最近ちょっと少なくなってきたんじゃないかって思ってたんですよね。ずっと数を数えていたわけじゃないから、気のせいだろうって思ったんですけど」

ここしばらく感じていたことが、にわかに現実味を帯びてきて、坂下は難しい顔で黙り込んだ。

街を出ていくホームレスの中には、住む場所を見つけたり家族のもとへ帰ったりする者もいる。だが、それは幸運なケースで、頻繁に起きることではないのだ。

別の理由があると考えるのが自然だが、ホームレスたちを取り巻く環境が急にいい方向へ変わるとも思えない。なぜ街からホームレスたちが消えているのか、その原因が気になるところだ。

「そういや、最近変な男がうろついとるっちゅー話やぞ」

出入口付近にいた男が思い出したように言うと、それに触発されて思い出したというように、別の男が声をあげる。

「あ〜、そういやここに来る途中で見たぞ。公園の近くの道路でホームレスに声をかけよったがな。俺がここに来たのが十五分くらい前やから、まだおるんと違うか?」

「どんな人です?」

「まぁ、そこそこ若かったなぁ。先生と同じか少し若いくらいやないか?」

「すみません。ちょっと出ますね。すぐに戻ってきますから、患者さんが来たら待ってもらってください」

たむろしている連中に留守番を頼むと、坂下はすぐさま男を捜しに向かった。公園までの道にはそれらしき人物はおらず、いつもの風景が広がっているだけで、特に変わった様子は見られない。

見落とさないよう注意をしながら歩き、公園の周辺をぐるりと回ってから中に入った。ざっと辺りを見回し、水飲み場の近くで足を止める。

（あ……）

すぐにわかった。この街にいる男どもとは、明らかに違う雰囲気だ。しかも、男は植え込みの段差に座っているホームレスと話をしており、何かを手渡している。

「あの……」

坂下は、急いでそちらに近づいていった。すると男は、白衣を着た坂下を見て、お辞儀をする。

「こんにちは。今日は天気がいいですね」

「ええ。えっと……俺はこの先の診療所で医者をやってます。坂下といいます」

「この街に診療所があったんですか。知りませんでした」

男は、にこやかな笑顔を見せた。

ホームレスに声をかけて回っている人物がいると聞いた時は、どんな強面《こわもて》の男だろうと思った。脳裏をよぎったのは、ホームレスを使ってビジネスをするヤクザの存在だ。はした金で麻薬の受け渡しを手伝わせたり、国籍目当ての外国人と偽装結婚をさせたりする。戸籍の買い取りなんて話も聞いたこともあり、想像が想像を呼んだ。実のところ、消えたホームレスはもうこの世にいないのではとすら考えていたくらいだ。

けれども、ヤクザという雰囲気はまったくなかった。
人当たりがよく、にこやかで、いかにも好青年といった風情だ。おそらく、歳は坂下より
いくつか下だろう。
若いが真面目そうだという印象がある。
「えっと……ここで何をされてるんですか？」
「あ、すみません。自己紹介が遅れました。僕は美濃島《みのしま》といいます。『夢《ゆめ》の絆《きずな》』というNP
O法人の代表をやらせてもらってるんです」
「NPO法人？」
坂下は、渡された名刺を受け取った。
名刺には『NPO法人　夢の絆』と書かれてあり、所在地や電話番号もきちんと記載され
ている。名刺などパソコン一つで作れるが、男の態度から嘘をついているとは思えなかった。
「何をされてる団体なんです？」
「ホームレス支援を……。『夢の絆』では、宿泊施設を用意してまして、安価でホームレス
の方たちに寝る場所をご提供してます。まずは路上生活から脱出してもらって、自立する道
を一緒に模索していこうというのが、僕たちの活動です」
美濃島の説明に、坂下は何度も頷《うなず》いた。
確かに、この手の支援をする団体は他にもある。衣食住の充実が自立の第一歩だというこ

とは、坂下もよくわかっていた。誰も望んで路上生活をしているわけではない。

仕事への意欲が衰えていない者も多く、ホームレスたちが生活保護を受けずに空き缶などを拾いながらなんとかその日暮らしをしているのも、そういった理由だ。

まともな衣食住さえあれば、彼らは社会に復帰できる可能性をいくらでも持っている。そして一度復帰すれば、社会との接点がさらにいい方向に働きかけることも坂下にはよくわかっていた。

「坂下先生でしたっけ？　あなたはこの街でどんな支援活動をされてるんです？」

「支援というほどではないんです。時間がある時に、体調を崩している方がいないかホームレスの方に声をかけて回ってます」

「それは立派な活動ですよ。お一人でされてるんですか？」

「ええ」

「ますます感心しました。こういうことは地道な努力が必要だから、一人でそれを続けるなんて尊敬します」

「でも、なかなか心を開いてくれない方も多くて、自分から診療所に来てくれる人はあんまりいないんです」

青年の褒め言葉は過剰に聞こえ、居心地が悪くなった。当てつけなんかではないとわかっているが、なかなか思うようにいかない現実にぶち当たることも多いため、その賞賛を素直に受け入れることができない。

「俺のしていることは、ほとんど自己満足というか……」

「いいえ、あなたのやっていることは、とてもすばらしいと思います。何かあったらぜひ協力させてください」

「ありがとうございます」

「お互い、がんばりましょう」

差し出された手を握り、頭を下げる。

「じゃあ、僕はこれで……」

美濃島はお辞儀をし、公園を出ていった。

その後ろ姿を見送りながら、何か引っかかるものを感じた。人当たりもいいし、社交的で会話もそつなくこなす。若いのにしっかりした態度もめずらしく、感心するほどだ。

それなのに、釈然としない。

(所在だけでも調べてみるか……)

ここでうだうだ考えても仕方がないと、一度診療所に戻ることにした。

診療所に戻った坂下は、さっそく自治体のサイトにアクセスし、認可されているNPO法人の一覧を閲覧してみた。そこには、団体の名称や所在地などが記されている。

確かに、『夢の絆』というNPO法人は存在していた。設立は十年前で、国に認可されて活動しているのは確かなようだ。

しかも、『夢の絆』のホームページも存在しており、代表として美濃島の顔写真も載っていた。代表になってまだ二年だが、まったくの他人がなりすましているわけでもない。

それでも、心がすっきりしなかった。

「どうしたんじゃ～？」

「あ、久住先生」

振り返ると、久住が目を擦りながら診察室へと入ってきたところだった。二時間ほど前に昼寝をすると言って二階に上がっていったが、たっぷり眠ったようだ。門限は守っているが、夕方から飲んでいることも多いため、結局飲む量はそれほど変わっていない気がする。

「久住先生、酒は抜けました？　飲みすぎなんじゃないですか？　インスタントのみそ汁があるので、お湯沸かして飲んでいいですよ」

「おお、それはいいのう。飲んだ後のみそ汁は旨いからのう」

「門限作っても昼間から飲んでたら意味がないじゃないですか。もう少しお酒は控えてください」

自分ごときの小言を素直に聞くとも思えなかったが、放置するよりマシだと一応言ってみる。

「それより、何一人で唸《うな》ってるんじゃ？」

「ああ、実は気になることがあるんですけど」

坂下は、美濃島のことを話し始めた。たっぷりと人生経験を積んだ男の意見が聞けるのなら、これ以上のことはない。

「NPOか。まぁ、NPOといっても、いろんな団体があるからのう」

「いろんなって……変な団体なのかもしれないってことですか?」

「そうじゃ」

「でも、NPOですよ?」

「お前さん、掃きだめみたいなところにいるわりには、まだまだ世間知らずじゃのう」

はっきり言われ、確かにその通りだと思う。この街に来て随分になるが、まだまだ考え方も甘くて、いつも周りに助けられてきた。

世間知らずのひよっこは、ひよっこらしく素直に教えを乞《こ》う。

「どういう可能性があると思いますか?」

「そうじゃなぁ」

NPOは国から認可を受けた非営利団体だが、その陰に隠れて膨大な利益を生み出す闇《やみ》ビジネスとして成り立っている一面があることも事実だと教えられた。

いわゆる貧困ビジネスだ。

ヤクザがホームレスを使って麻薬の受け渡しをしたり、偽装結婚をさせたりするのと同じように、ホームレスを集めて一儲《ひともう》けしようという輩《やから》がいる。

目的は、生活保護費だ。

安価で住まわせるというのは表向きだけで、食事代、水道代、ベッド代など、実際はいろいろな名目をつけて金をせしめているのだ。生活保護費が支給されても、手元に残る金は一、二万だというケースもあったという。

手帳は生活保護費の支給日に持ち主に持たせ、その後すぐに回収する。

保護費を受け取った後そのまま消える者もいるが、結局舞い戻ってくるケースも少なくないという。住所がなければ、生活保護を受けられないからだ。

凍死したりする心配もないため、一度住むところを与えられた人たちは、たとえ手元に残る金がわずかだったとしても留まってしまう。その生活からは抜け出せなくなるのだ。

「まぁ、この団体がそうだとは言わんが、お前さんはその男に何か感じるところがあったんじゃろ?」

「ええ。人当たりもいいですし、社交的でそつのない話し方をされる人だったんですけど、なんとなく気になったんですよね。胡散臭《うさんくさ》いって言ったら失礼かもしれないですけど、いきなりこの街に現れたのと、ホームレスの人たちが減ってるのが同じタイミングっていうのが気になります」

「確かに怪しいかもな」

「――っ！」

斑目がぬっと窓から姿を現した。まさか窓の外で聞いていたとは知らず、思わず声をあげそうになる。相変わらず神出鬼没な男だ。どうしたらそんなにタイミングよく出てくることができるのだろうと思い、斑目の顔をじっと見る。

さらにパンツを被ったまま畳の上で寝ていたことを思い出し、眉間に皺を寄せた。すると斑目には坂下が何を考えたかわかったようで、ニヤリと笑う。

「ん？　どうした？　俺はそんなにいい男か？」

「いつから聞いてたんですか」

「途中からだよ」

斑目は、靴を脱いで窓から診察室に入ってきた。

「何俺抜きでジジィと楽しく話してやがるんだ？」

「変な言い方しないでくださいよ」

尻の辺りに手が伸びてきて、坂下はすぐさま手ではたいて睨みつけた。久住がいるところでも堂々とこんな真似をするなんて、信じられない。だが、斑目は少しも悪びれた様子はなかった。隙あらば何かしてやろうと思っているのが伝わってくる。

気の抜けないオヤジだ。

「先生。また妙なことに首突っ込むつもりか？」

「ち、違いますよ」

「お前さん、そんなにいろいろと首を突っ込んじょるんかい」

「お節介な先生だからな」

からかわれ、ぶすくれたように反論する。

「そんなことないですよ」

「まぁ、なんの資料もない今はあれこれ言っても想像の域を出ん。本気で首を突っ込む気なら、それ相応の調べも必要じゃ。さて、わしはみそ汁飲～んでこ～っと！」

スキップしながら診察室を出ていく久住を見て、確かにその通りだと納得した。一度きちんと調べてからでないと、動きようがない。

「先生。最近冷てぇなぁ。ジジィがいるから、夜這いにも来られねぇってのに」

「来なくて結構です」

「そんなこと言って、本当は躰疼《うず》かせて俺を待ってるんじゃねぇか？」

後ろから抱きつかれ、白衣の上から躰をまさぐられる。

「——っ！　何やってるんですか！」

「うご……っ！」

思わず後頭部で頭突きを喰らわす。見事にヒットしたようで、躰に回されていた腕が離れていき、斑目が数歩下がった。

（まったく、油断も隙もないんだから）

振り向くと、涙目になった斑目が鼻を押さえている。

「おー、痛ぇ。先生、ちょっとは加減してくれよ」

「こんなことするなら、出ていってください。俺は仕事に……」

言いかけて、斑目の表情が急に険しくなったのに気づいた。そんなに痛かったのだろうかと思うが、どうやらそうではないらしい。

その視線は、坂下の机の上に注がれている。

「斑目さん、どうかしたんですか？」

「ん？　いや……別になんでもねぇよ」

斑目が見ていたのは、「夢の絆」のサイトに載っていた美濃島の写真だった。すぐに視線を逸《そ》らしたが、それに気を取られていたのは間違いない。

「斑目さん？」

「ま。なんかあったら俺にも相談してくれ。先生のためなら飛んでくるぞ」

ホイッスルをいつも首からかけていることを知っている斑目は、坂下の胸元を指差してから軽く手を挙げ、診察室を出ていった。待合室でたむろしている連中の輪に入り、賭け事を始める声が聞こえる。

坂下は、肌身離さず持っているお守りとともにホイッスルをシャツの中から取り出し、じっと見つめた。

これを吹くと、タイミングよく姿を現すことが多い。克幸《かつゆき》に撃たれた時はさすがにすぐに駆けつけることはできなかったが、それでも坂下を守るために、最後には助けに来てくれた。

スーパーマンのような斑目を思い出すが、待合室から聞こえてくる楽しげな斑目の声は坂下の心に不安を呼んだ。

さっきの反応は、何かあると考えたほうがいいのかもしれない。

美濃島と過去に繋がりがあったという可能性——。もし、二人が何か接点を持っているのだとしたら、斑目の態度からして決していい関係ではないように思えてならなかった。


その日の夜。仕事を終えた坂下は、すぐさま久住のいる二階へ上がっていった。久住はめずらしく飲んでおらず、坂下が夕方取り込んでおいた洗濯物を畳んでいる。

「ねぇ、久住先生。ちょっと聞きたいことがあるんですけど」

「なんじゃ〜?」

「斑目さんと美濃島さんって何か関係があるんでしょうか。美濃島さんの写真を見た時、様子がおかしかったんですよね」

久住はすぐに答えなかったが、何か知っているのは間違いなかった。鼻歌を歌いながら片づけをする久住の表情はいつものとぼけたものだが、その奥に何か鋭さのようなものを感じる。坂下の本気を測っているようでもあった。

安易な気持ちで聞いても、答えてはくれないだろう。

「教えてください。中途半端な気持ちで言ってるんじゃないんです。俺は斑目さんが本当に心配で……」

「それなら、自分で聞くことじゃ」

久住は顔を上げると立ち上がり、坂下と目を合わせた。そして、畳み終わった衣類を部屋の隅に置き、ちゃぶ台について茶を啜《すす》る。

「わしも全部知っとるわけじゃないんじゃ。人づてに聞いただけで、話に聞いた奴が美濃島かどうかも確信が持てん。それに、もしわしが全部知っておっても、わしの口からじゃなく、あやつの口から聞くのがいい。本当はわかっておるんじゃろうが」

重い言葉だった。

斑目の過去を久住に聞くなんて、馬鹿なことをしたと思う。斑目が自分から話さない過去をなぜ他人に聞くのか――。

真実を知ることができたとしても、斑目の意思に反しているのであれば、それはただの自己満足だ。坂下は、ただ知りたいのではない。知って、斑目の力になりたいのだ。

急《せ》く気持ちからつい久住に聞いてしまったが、物事には順番というものがある。それを間違ってはいけない。

「そうですね。……確かに、そうです。自分で聞いてみます」

自分の間違いに気づいて何度も頷くと、久住はにっこりと笑った。

「留守番は任せておけ。早いほうがいいぞ」

「はい。じゃあ、お願いします」

坂下は久住に留守番を頼み、すぐさま診療所を出た。まず斑目が今寝泊まりしている簡易宿泊所を覗いたが、その姿はない。角打ちも見てみたがそこにもいなかったため、今度は公園へと向かう。

ざっと見渡し、月明かりに照らされる斑目を見つけた。

すぐに声をかけることができず、立ち止まってその姿をじっと眺める。

(斑目さん……)

斑目はベンチに座り、一人でタバコを吹かしていた。その広い背中を見て、今が声をかける時なのだろうかと迷いが生じる。触れられたくない過去なら、斑目が自分から話す気になるまでそっとしておくべきなのではという思いも頭をもたげようとしていた。

けれども、安易な気持ちで斑目の過去を探っているのではないと自信を持って言える。

きっと踏み込んでもいい——これまで重ねてきた斑目との時間を思い返し、自分にそう言い聞かせ、意を決して斑目のほうへ歩いていく。

「斑目さん」

「よぉ、先生」

坂下が来ることを予想していたのか、斑目はまるで待ち合わせをしていた相手が来たかのような態度で坂下を迎えた。拒絶されなくてよかったと、安堵《あんど》する。

「こんなところにいたんですか？　捜しましたよ」

「俺を捜しに来たなんて、嬉しいねぇ。躰でも疼いたか？」

相変わらずふざけたことを言っているが、坂下が何を話しに来たのかも、ちゃんとわかっているようだ。それは、美濃島と斑目の間に過去に何かがあったという証拠でもある。

「隣、いいですか？」

坂下は、斑目の隣に腰を下ろした。すぐに話を始めず、しばらく沈黙を共有する。言葉を交わすより、こうして二人で座っているほうが通じることもあるのだ。

斑目の痛みが伝わってきているような気がし、胸がチリリと痛んだ。何があったのかはまったくわからないが、自分の知っている斑目の過去が、まだ一部なのだと思い知らされた瞬間でもあった。

双葉もそうだったように、斑目も何かを抱えている。だからこそ、この街に流れてきた。

話して欲しい。傷を抱えているなら、聞かせて欲しい。これまで助けられたぶん、自分も斑目の力になりたい。斑目の支えになりたい。

湧き上がる強い思いに、坂下は祈るような気持ちで斑目が切り出すのを待った。

その思いが通じたのか、斑目が不意に口を開く。

「なぁ、先生」

「は、はい」

「俺はな、ずっと後悔してることがあるんだ」

斑目を見ると、タバコを咥えたまま口許を緩めていた。

なんともいえない横顔だ。憂いの浮かぶその表情に、斑目がどんな思いで自分の過去を明かそうとしているのかが伝わってくる。

「後悔って、どんな後悔なんです？」

「俺が助けるべきだった奴のことだ」

助けるべき相手。

心臓が小さく跳ねた。坂下が想像しているより、はるかに深刻なものなのだろう。

「話してください」

どんな話を聞かされても支えてみせる——坂下は無意識のうちに、そう自分に言い聞かせていた。必ず、力になってみせると。

すると、斑目は静かに自分の過去について語り始めた。

助けるべきだった相手と言った少年と出会ったのは、斑目が自分の腕に溺れ、傲慢《ごうまん》な医師になっていた時のことだ。少年の名を、美濃島光一《こういち》という。

NPO法人の代表だと名乗った美濃島の弟だ。

「俺が勤めていた病院に来たのは、心臓弁膜症を患っていたからだ」

心臓弁膜症——心臓にある血液の逆流を防ぐ弁に機能障害を起こす疾患だ。美濃島の弟は、神の手と呼ばれる医師の存在を知り、斑目のいる病院へ来たのだという。

確かに手術には高度な技術を要するケースではあるが、神の手を持つ斑目でなければならないというわけでもなく、他にも対応できる医師はおり、斑目も興味を示さなかった。病院側の判断も、担当は斑目でなくとも十分にやれるだろうというものだったという。

けれども、少年は斑目に手術をしてもらうために、その病院を選んだのだ。

「俺が担当しないと、手術は受けないって言い張ってな」

その時のことを思い出したのか、斑目は少し笑った。優しい目だった。それだけに、
少年がいかに斑目を慕っていたのかがわかる。

「斑目さんを信頼してたんですね」

「ああ。俺がどんな医者か知りもしないで、俺のことを慕ってた。馬鹿なガキだよ」

その言葉に、斑目の少年に対する親しみの情を感じた。過去の自分を恥じているからこそ、

そんな自分を慕っていた少年を馬鹿だと言ったのだとわかる。

純粋な少年だったのだろう。ゴッドハンドという噂を聞き、自分の命を託す相手として斑目を信じた。難しい手術でないとはいえ、まだ少年だ。

神の手と呼ばれる斑目の存在が、どんなに心強かったか――。

「家族に俺が手術をするって言ってくれと言われて、嘘をついた。俺も面倒だったしな。適当に口裏合わせておけばいいって思ってたんだ。俺が担当になると聞いて、あいつは喜んだよ。俺が担当するなら絶対に失敗しないって言ってな」

遠くを見る目をする斑目を見て、坂下はある一つの思いに囚《とら》われていた。

斑目も気づかないうちに、その少年に心を開いていたのかもしれない。難しい手術ばかりを選び、傲慢な医師になっていたとは聞いていたが、どこかで心が渇き始めていたのだろう。

斑目が少年のために嘘をついたということが、その証拠にも思えた。

もし、斑目が本当に心のない医師であったなら、そんな嘘につき合ったとは思えない。わざわざ口裏を合わせ、少年を安心させるなんてことはしなかっただろう。

少なくとも、斑目が自分の間違いに気づくきっかけにはなった。

「それで、どうなったんですか？」

「手術は失敗したよ」

「え……」

坂下は息を呑んだ。

地面をじっと見つめる斑目の目には、複雑な色が浮かんでいた。後悔なのか。それとも、自責の念なのか。見ているだけで胸が苦しくなる。そんな横顔だった。

「あいつは、死んだ。医療過誤でな」

言葉の出ない坂下に気を遣ってか、目を合わせて軽く笑ってみせる。

「そんな顔するな」

タバコを消し、ベンチに置いてあった空き缶の中に吸殻を押し込んだ。まだ話は終わっていないとばかりに、話を続ける。

それはまるで、斑目が自分に鞭《むち》打っているように見えた。

「執刀医が術中にミスを起こしてな。俺も途中から手術に加わったが、結局助けられなかった。俺は、あいつの心臓が止まった時の心電計の音を聞いた。俺が手術するなら絶対成功すると言って手術室に運ばれていったあいつは、医者のミスで殺されたんだよ。俺に裏切られたまま、俺の目の前で死んでいった」

自分を責めているとしか思えない言葉に、心が痛くなる。まるでえぐられるようだった。

斑目の抱えている傷が、悲鳴をあげている。

「確かに……気の毒ですけど、医療過誤は斑目さんが起こしたわけじゃないんでしょう?」

「まぁ、確かにそうだがな」

鼻で嗤《わら》う斑目を見て、気休めを言ったことを後悔した。こんなのは、なんの慰めにもならない。もっと別の言葉はなかったのだろうかと思ったが、今の坂下にはこれが精一杯だ。

自分の無力さが、歯痒《はがゆ》くてならない。

「俺はな、あいつが医療過誤で死んでもなんとも思わなかったんだよ。俺には関係ないと思っていたんだ。運が悪かっただけだってな。けどな……」

斑目はそこで言葉を切った。

もういいと、もうそれ以上言わなくていいと、斑目を止めたかった。だが、それではいけないとグッと堪える。辛《つら》そうな斑目を見たくないのは、坂下だ。吐き出すことで何かが変わるなら、自分も痛みを共有しようと黙って次の言葉を待つ。

「いつの間にか、あいつの顔がちらつくようになってな」

その目に映っているのは、まだ生きていた頃の少年の姿なのだろう。懐かしさと憂いの混じった色をしていた。

「真っすぐな目をしたガキだった。俺みたいな歪《ゆが》んだ医者のことを『斑目先生、斑目先生』ってキラキラした目で見るんだよ。俺が凄腕の医者だって聞いて、すごいすごいっていつも言ってた。俺がどんな人間か知りもしないでよ。手術を担当しないなら、せめてそう言ってやればよかった。騙《だま》すんじゃなかった」

もうこれ以上、自分を責めないで欲しかった。

少年が亡くなってから、斑目が徐々に自分の間違いに気づいていった過去のことが手に取るようにわかる。

そしてその時、周りに誰もいなかったことも……。

斑目の周りに集まっていた人間は斑目の腕が目的なだけで、誰もその苦しみに気づかなかっただろう。苦しむ斑目を誰も助けてやれなかったことも、坂下にはよくわかる。

自分の周りには誰もいなくなっていたと言っていたが、その言葉の裏にはこんな過去が隠されていたのだ。

「俺が手術してやりゃよかった」

噛み締めるようにポツリと零された斑目の言葉に、苦しみの深さを感じた。どんなに後悔しても、そしてどんなに深く望んでも、少年の手術をすることはできない。救うことはできないのだ。手術をする相手は、この世にいないのだから……。

かける言葉が見つからなかった。

斑目の心にあるのは、ただ一つ。手術をしてやればよかったという思いだ。絶対に叶《かな》えられない思いを抱えている。そして、これから先もずっと抱えていかなければならない。

「悪いな。こんな話して」

「いえ」

「美濃島は、弟思いのいい兄貴だったよ。弟を騙して手術を受けさせることに、一人だけ反対していた。あいつもまだ子供だったから、結局両親の考えに従ったが、俺のことも恨んだだろうな」

でも、それは斑目一人だけの責任ではない。すべてが、悪いほうへと働いたのだ。斑目には避けることはできなかった。そう言いたかったが、言葉にはならない。ただの気休めにしかならない気がして、黙りこくってしまう。

「だから、俺は医者に戻る気にはなれないんだ」

「斑目さん……」

「しゃべりすぎたな。今日は帰るよ」

ゆっくりと立ち上がる斑目に何か声をかけたくて、坂下も立ち上がった。だが、やはりかける言葉が見つからない。

「お休み、先生」

背中を向けたまま手を振って簡易宿泊所のほうへと歩いていく。その背中は相変わらず逞しく、引き締まっていて野性的な魅力に溢れているが、今はどこか頼りなくすら見えた。

傷を負った者の悲痛な叫びが聞こえてくるようだ。

斑目が公園から出ていき、その姿が視界から完全に消えても、坂下は一歩も動くことができなかった。どうしたら、斑目を救うことができるのだろう。どうしたら、完治させることができるのだろう。

何もわからず、坂下はその後もしばらく立ち続けていた。

俺が手術してやりゃよかった――斑目の過去を聞いて三日。その言葉は、頭から離れなかった。

あんな斑目を見るのは、初めてかもしれない。いつも下ネタばかりを口にし、坂下をからかうのが趣味だというような男が見せた過去。それは、あまりにも辛く重いものだった。

自分の何倍も人生経験を積んできたというのは、わかる。自分なんかより強いということも。それでも、あれほどの過去をそう簡単には乗り越えられないだろう。

窓の外からは、ウクレレの音がしていた。

相変わらず『アソコ、アソコ』と繰り返す鼻歌が聞こえるが、それもどこか寂しげに聞こえる。斑目の心が歌声やウクレレの響きに表れているのか、それとも聞いている坂下の心がそう響かせているのか。

斑目は普段とあまり変わりないように見えるが、決してそうではない。それだけは、確かだった。

「ちょっと斑目さん。その歌やめてくださいって言ってるでしょ」

努めて普段通りの態度を装おうと、坂下は窓から身を乗り出して斑目を見下ろした。すると、座ったまま斑目が坂下を見上げる。

「おう、先生」

「今日は仕事なかったんですか？」

「もう終わったよ。今朝《けさ》は三時起きだったんだ」

「そんなに早起きしたんなら、こんなところで油売ってないで早く宿に帰って寝たらどうです？　明日も仕事なんでしょう？」

「なんだ、俺の躰を気遣ってんのか〜？　大丈夫だよ。体力には自信がある。先生の夜の相手も十分できるぞ」

「結構ですよ」

いつものような会話を交わすがどこかぎこちなくて、なぜ上手くやれないのだろうかと歯痒くなった。こんな時、斑目ならもっと上手く接することができるだろう。むしろ自分のほうが気を使われている気がして、情けなくなってくる。

「先生、いいか〜？」

その時、診療所の常連が診察室に入ってきた。いつもは待合室で騒いでいるが、今日は患者として来たようだ。変な歌を歌わないよう斑目に釘《くぎ》を刺し、椅子を転がして定位置に戻る。

「今日はどうしました？」

座るよう勧め、男と向かい合った。すると、右手を出してみせる。

「先生、ちょっくら見てくれよ。この前から親指の爪《つめ》のつけ根が痛くてな。しばらく我慢しとったが、よー見たら膨れとるし、なんか変なもんが入っとるんや。ほら、ここ。ゼリーみたいになっとるやろ」

見ると、爪と第一関節の間が虫に刺されたように腫《は》れていた。その中央部には、色が少し変色している部分がある。そこは肌の色より黒っぽい。

確かにゼリーと言いたくなるのもわかる。

「ああ、これは膿《うみ》ですね。爪の根元にばい菌《きん》が入ってそれが膿《う》んでるんですよ。この変色したゼリーみたいな部分は膿です」

「マジかいな」

「部分麻酔をかけて、膿を出しましょう。爪の根元を切りますけど、すぐに生えてきますから大丈夫ですよ。二十分くらいで終わります」

「今から切んのか！」

「ええ。ちょちょっとやったら終わりますから」

ひっ、と妙な声をあげたかと思うと、男は出していた手を引っ込めた。まるで歯医者を前にした子供のようだ。頑《かたく》なに手を出そうとはしない。

「ちょちょっとって……他人事《ひとごと》やと思って……っ！」

「ちゃんと麻酔はしますよ。何ビビッてんですか。ほら、さっさと手を出す！」

坂下は無理やり手を出させると、すぐさま治療を始めた。

親指の患部近くに注射を打ち、麻酔が効いてきたら患部を切開して膿を出す。爪の一部も切り取って消毒すれば終わりだ。吻合《ふんごう》が必要なほどでもなく、ガーゼを当てて包帯をして終了する。麻酔が切れれば多少痛みは出るだろうが、痛み止めも必要ないだろう。

「はい。これで大丈夫。もう終わりましたよ」

それまで顔を背けて目を閉じていた男は、恐る恐る目を開けて自分の手を見た。親指に包帯が巻かれているのを確認して、安堵の表情を浮かべる。見た目は怖くても案外気の小さい男が多いのも、この街の特徴だ。

思わず笑いそうになり、ぐっと堪える。

「毎日消毒に来てください。あと、清潔を保つよう努力してくださいね」

「ああ。ところですまんが、今持ち合わせがないんだ」

「ええ、いいですよ。身上書の書き方はわかりますね？」

「おうおう。ちゃんとわかってるよ。先生を裏切ったりはしねぇから。明日なら貸してた金が返ってくるんだ。ちゃんと払いに来るよ」

男はそこまで言うと、坂下を手招きしてぐっと身を寄せてきた。素直に上半身を前に倒して顔を近づける。

「なんです？」

「先生、どうかしたんか？」

「え？」

「なんか元気ないように見えっぞ」

すぐに返事が見つからなかった。普段通りにしていたつもりだったが、態度に出ていたのかと反省する。これでは、斑目にも気づかれているだろう。

「それに、斑目もな〜んか調子おかしくねぇか？」

耳打ちされ、やはりみんなにもわかるものなのかと、外から聞こえるウクレレの音に耳を傾けた。ポロンポロンと鳴らされるそれは、陽気な旋律を奏でることもあるが、今はとても哀愁に満ちている。溜め息を漏らさずにはいられない。

「斑目さんなら大丈夫ですよ」

それは、自分に対しての言葉だった。斑目なら、きっと克服できる。そう信じるしかない。

「そうか。そんならいいが、あいつが変やと調子出んわ」

それだけ言い残し、男は診察室を出ていった。窓の外をチラリと見て、斑目に声をかけるかどうか迷う。何を話せばいいのかわからない。

『なんじゃ斑目ぇ。こんなところにいたんか』

窓の外から久住の声が聞こえ、坂下は急いで外を覗いた。すると、久住がえっちらおっちらと歩いてくる。

「おうジジィ。相変わらずふらふら遊び歩いてるのか？　いいなぁ、隠居したジジィは」

「久住先生、どこ行ってたんです？　朝出ていったきり全然帰ってこないから、心配してたんですよ」

「わしがどこに行ってきたと思う？」

「勿体ぶらずに教えてくださいよ」

久住は斑目と坂下を交互に見て、ニヤリと笑った。

「『夢の絆』の施設じゃよ」

「えっ」

「わしをホームレスだと思ったようじゃな。生活保護を利用できると言って勧誘されてのう。ちょっくら行ってきた。声をかけてきたのは美濃島という男じゃなかったがな。おそらく、施設にいる職員じゃろう」

まさかそんなことをしていたとは、驚きだ。ただ遊んで回っているだけと思っていたが、抜け目がない。機転を利かせて相手の勘違いに便乗するなんてさすがだ。

しかし、久住の言葉に聞き流せない部分があるのに気づいた。

「ホームレスに間違えられたって……また昼間からお酒飲んでましたねっ。もしかして路上で寝てたんじゃないですかっ？」

「路上なもんかい。公園で寝とったんじゃよ」

「お酒飲んでたことには変わりありません！　もう、どうしてそうなんです！」

まったく言うことを聞かない久住に小言を言うと、久住は口うるさい母親に叱られる中学生のように、両手の小指を耳の穴に突っ込むジェスチャーをしてみせた。こういう態度がますます坂下を怒らせる。

「斑目さんも何か言ってやってくださいよ！」

窓から身を乗り出して言うと、斑目はウクレレをポロンと鳴らして坂下を見上げた。

「そのジジィに言っても無駄だよ。それよりせっかく偵察に行ってきたんだ。ジジィの話を聞くのが先だろうが」

確かにその通りだと、小言はまたあとでゆっくりとすることにし、追及をやめることにする。

「それで、何かわかったんですか？」

「あの団体が、貧困ビジネスに手を染めておるのは間違いないじゃろ。あれはまともな団体じゃないぞ」

「ジジィ、何を見た？」

「施設を案内されての。一見まともな施設じゃったが、そこにおる連中を見りゃわかる。ありゃ随分搾取されとるぞ」

久住が言うなら、間違いないだろう。自立支援などと謳《うた》い、その実支給された生活保護費の大半を搾取しているのだ。これを見逃すわけにはいかない。

その時、診察室に人が入ってくる気配がした。次の患者が来たかと、話を中断して仕事に戻ろうとしたが、振り返った坂下の目に映ったのは、美濃島だった。

「こんにちは」

なぜここに……、と思うが、診療所のことを話したのを思い出す。様子を見に来たのだろう。今の会話を聞かれたのかもしれない。

「すみません、突然お邪魔して。診療所を見学させてもらいたくて」

美濃島の態度から、会話を聞かれたかどうかはわからなかった。だが、何か嫌なものを感じる。ここに来た目的が、単なる見学ではないことは容易に想像できた。

おそらく『夢の絆』は、久住の言う通り貧困ビジネスに手を染めているのだろう。それなら、坂下のような医者になぜ近づくのか。

それは、邪魔な存在になりかねないからだ。ボランティアまがいの診療所をやっている男など、目障りに違いない。自分たちのしていることを探られる可能性を恐れていると考えるのが妥当だ。

「すみません。せっかく来てくださったのに、気がつかなくて」

坂下は立ち上がり、警戒しながら美濃島と挨拶《あいさつ》を交わした。美濃島も笑顔を見せるが、その視線が窓の外を捉《とら》えたのがわかる。斑目が立ち上がって美濃島を見ている。

まずいと思った。今、この二人を引き合わせたら、何を言われるかわからない。なぜ身を隠していないのだと思ったが、すぐにわかった。

斑目はわざと自分の姿を見せたのだ。なぜそんなことをするのか、坂下にはわからない。

「もしかして、斑目先生？」

美濃島は、すぐに斑目だとわかったようだ。斑目をどんなふうに罵《ののし》るだろうかと、思わず身構えてしまう。だが、坂下の懸念をよそに、美濃島は人当たりのいい笑顔を見せた。

「やっぱり、斑目先生でしたか。懐かしいです。お元気でしたか？」

斑目は何も言わなかった。美濃島の上っ面だけの挨拶は、言葉で責める以上に斑目の傷をえぐっているのだと坂下には感じられた。

罵るのではなく、チクチクといたぶろうとしている。

「あの時は弟がお世話になりました。あんなふうに嘘の片棒を担がせてしまって……斑目先生個人は弟の医療事故とは関係ないのに、なんだか後味が悪いことになって、申し訳なく思ってました。ああ、実は斑目先生には以前弟がお世話になって……」

「ええ、聞いてます」

これ以上斑目を責めて欲しくなくて、美濃島の言葉を遮った。

「斑目さんは後悔してます。手術をしてやればよかったって」

「いいえ。もともと先生が担当するような患者じゃなかったんです。無理を言ったのはこちらですし」

「まぁ、それはそうだが、あんたの弟に嘘を言ったのは俺だからな。あんたも、嘘をつくことには反対してた」

「僕もまだ子供でしたから」

本当はそう思っていないんだろう、と斑目の視線が探っているが、そんなことには美濃島は動じない。あくまでも社交的な態度で接し続けるだけだ。

「あれから両親は離婚しました。弟のことを乗り越えきれなくて、夫婦関係がギクシャクしてしまったんです。弱かったんですよ。僕は母についていきましたが、母はいつも僕の向こうに弟を見ていました。自分が本当に存在しているのかわからなくなることもあって……でも、それも仕方ないことだって、大人になって気づきました」

自分がどれだけ苦労してきたかを口にする美濃島を見て、坂下は眉間に皺を寄せた。やはりそれが言いたかったのかと、遠回しに斑目を責めるのをやめない美濃島をじっと見る。

美濃島の笑顔はどこか邪悪で、その裏に隠れる憎悪を感じずにはいられない。

「弟の死に斑目先生に責任はありませんから、どうか気に病まないでください。ただ、両親にとって弟がすべてだっただけのことなんです。子供の頃から病弱で、僕のことなんか眼中になかったですから……。あんな形で死んでしまって、ショックだったんですよ」

「それはお気の毒でした。あの……今はご立派なお仕事をされてますよね。美濃島さんの活動について知りたいと思っていたんです」

わざと話題を逸らそうとする坂下に、美濃島の視線が移る。笑顔のままだったが、なぜか恐怖すら覚える表情だった。悪魔にでも睨まれた気分だ。

「ど、どうして『夢の絆』に入られたんですか？」

「弟に何もしてやれなかったから、誰かの役に立ちたいんですよ。あなただってそうでしょう？　ボランティアまがいで診療所をやってるって、うちに入居した方から聞きました。僕たちは同志みたいなものです」

そうですねとは言えず、黙り込む。したたかな男を相手にするには、あまりにもお粗末だと自分でもわかっているが、それでも何も言えなかった。

美濃島との間にある空気が、ピンと張りつめたものとなる。息苦しささえ覚えるが、そんな坂下を助けるように待合室のほうから声が聞こえてくる。

『先生。患者が来たぞ～』

助かった。

胸を撫《な》で下ろし、患者に中に入るよう言ってから美濃島に軽く頭を下げる。

「すみません、せっかく来ていただいたんですが、患者さんがいらしたので。後日、またゆっくりとお話ししましょう」

帰れと言っているのが伝わったのか、美濃島はあっさりと引き下がった。

「邪魔をしちゃ悪いですね。少しでもお話しできてよかったです。診療所も拝見できましたし、同じ信念を持つ者同士、これからは情報交換などもしていきましょう。それでは、斑目先生もごきげんよう」

何が同じ信念だと、腹立たしさを感じながら立ち去る美濃島の背中を睨むように見送る。斑目にかけられた最後の言葉も、まるで挑戦状のようだった。弟のことを忘れるのは許さないと、絶対に忘れさせないという気持ちが見え隠れしている。

それは、坂下の思い過ごしではないだろう。

斑目を振り返ると、その表情にはなんの感情も浮かんでいなかった。

その日の夜。坂下は、一人診察室でぼんやりとしていた。何をするでもなく、頬杖《ほおづえ》をつき、考え込んでいる。

外は昼間の騒ぎが嘘のように静まり返っていて、時間の感覚を奪われていくようだった。

それは、坂下が求める答えがなかなか出ないのも理由の一つだろう。

いつまでもこうしているわけにはいかないが、なかなか動く気になれない。風呂に入って、食事を済ませ、明日に備えて布団に入らなければと思うが、頭の中は美濃島に関することでいっぱいだ。

(どうしたらいいんだろう)

美濃島は、坂下たちが『夢の絆』の正体を調べようとしていたことに、おそらく気づいているだろう。あの会話は聞かれていたはずだ。だが、あの男はあくまでも社交的な態度を崩さなかった。それが逆に不気味に感じる。

これから先、何を仕掛けてくるかわからない。

「生活保護費の搾取だけじゃねぇといいがな」

「……っ!」

いきなり声をかけられて振り向くと、斑目が診察室に入ってくるところだった。

「驚かさないでくださいよ」

「物思いに耽《ふけ》る先生の横顔が色っぽかったから、ついな……」

その言葉に頬が熱くなり、なぜ自分のほうが赤くならなきゃいけないんだ……、と坂下は恨めしげな視線を斑目に向けた。

薄汚れた衣服を身につけた無精髭の男にこういう台詞が似合うはずもないが、なぜか斑目が口にするとドキッとしてしまう。それは斑目も気づいているようで、口許に浮かんだ笑みがますます坂下を落ち着かなくさせた。

　本当はこんな冗談を言う気分ではないだろうに、まるで坂下を気遣うようにいつも通りの態度を演じてくれることにも、斑目のすごさを感じた。

　そして、だからこそ魅かれるのだと思い知らされる。

「ジジィはどこだ？」

「もう寝ました。今日は朝から飲んでましたから」

「ったく、いい身分だよ」

　斑目は、肩を小さく震わせて笑った。沈黙。

　突然降りてきたそれに、坂下は次に言うべき言葉が見つからなかった。何か話さなければと思うが、気持ちが急くばかりで何も浮かばない。

　すると、斑目が坂下をフォローするかのように、サラリと切り出してくれる。

「美濃島の顔、見ただろう。あれは俺に恨み持ってる顔だ」

　唇を歪めて嗤う斑目の表情を見てなぜか気まずくなり、俯《うつむ》きがちに言った。

「ええ。確かに……俺もそう感じました」

「まぁ、それも仕方ねぇな。あいつは本当に弟思いの兄貴だったからな。大人が寄ってたかって決めたことが裏目に出て、あいつの家族は崩壊した」

「でもそれは……っ」

「言い訳なんか通用しない。あいつにとっての事実は、それだけなんだよ」

斑目を庇《かば》おうとする坂下の言いぶんを、シャットアウトするような言葉だった。美濃島があああなったことすら自分のせいだと言っているように聞こえ、口を噤《つぐ》む。

自分を責めるのはやめて欲しいが、そう言ったところで斑目の考え方はきっと変わらないだろう。少しずつ、何かを変えていくしかない。

「どうにかして、美濃島さんたちがしていることを止められないでしょうか」

「俺が調べてみる。先生はちゃんと診療所で患者を診てやれ」

「斑目さんに頼ってばかりじゃいられません。俺も……」

「ああ。もちろん診療所が休みの時は、手伝ってもらうがな」

美濃島がどこまで犯罪に手を染めているかわからない今、斑目ばかりに動いてもらうのはよくない気がした。重ねた罪が大きいほど、斑目の罪の意識も深くなるだろう。だが、坂下はこの街の医師だ。目の前の患者を第一に考えないと、本末転倒になってしまう。

斑目を信じて、その言葉に従うことにした。

「わかりました。じゃあ、俺が診療所にいる間は、患者さんたちから情報を募ります。この街の人に声をかけてるんだったら、うちの患者さんの中に話を聞いた人がいるかもしれませんし」

「そうだな。そうしてくれると助かる」

「気をつけてくださいね」

「任せとけ。まぁ、双葉がいないぶんちょっと手はかかるだろうが、大丈夫だよ」

何かあるごとに斑目とともに奔走してくれた友人のことを思い出し、坂下は目を細めた。

「そういえば、双葉さんは今頃何してるんですかね」

双葉の話をすることで、少しは気が紛れるかもしれないと、机の前に貼っていた双葉からの葉書を手に取って眺める。そして、それを斑目に渡した。

葉書を見る斑目の表情が、柔らかくなる。

「それ、何度見てもおかしいですよね。洋君って、絶対双葉さんのこと変なおじさんと思ってますよ。すごく不審そうな顔して……でも、本気で拒絶してないっていうのもすごく伝わってきます」

「俺というものがありながら、他の男の写真を見てにやついてんのか？」

「お子さんと二人の写真ですよ」

「おんなじだ。嫉妬するあまり股間が熱くなってきたぞ」

「もう、どうして嫉妬で股間が熱くなるんですか。馬鹿も休み休み言ってください」

斑目と会話を交わしながら、坂下はある一つのことばかりを考えていた。

少しは元気を取り戻してくれるだろうか。少しは自分を許す気になってくれるだろうか。

これまで、斑目には散々助けられてきた。今度は、自分が助ける番だ。何か一つでもいい。小さなことでもいい。斑目のために、力になれることがあればなんでもしたい。

その思いは強くなる一方で、自分が側《そば》にいると伝えたかった。役に立たなくても、時には鬱陶《うっとう》しく思っても、それでも側にいると……。決して一人にはしない。

「あの……斑目さん」

「なんだ?」

「俺は頼りないかもしれないですけど、何かあったら言ってください。俺だって、少しは斑目さんの支えに……」

不意に斑目が近づいてきて顔を上げると、唇を重ねられる。性的なものではなく、まるで坂下を気遣うような優しい触れ合いだった。

「……斑目さん」

「そういう顔するな。ジジィが二階で寝てるってのに、我慢できなくなるだろうが」

「あの……」

「十分だよ。心配してくれる先生がいるだけで、十分だ」

斑目の言葉に、胸が締めつけられる思いがする。

本当にそうならいい。

自分の存在が斑目の支えになっていればいい。

けれども、斑目はまだ完全に自分の負った傷を坂下に見せていない気がした。坂下を気遣って本音を隠している。弱さまでは見せてくれない。

自分ではまだ力不足なのか――。

「じゃあな。おやすみ、先生」

「はい。おやすみなさい」

本当はこのまま帰したくはなかったが、坂下は自分の気持ちをぐっと抑え込んだ。自然に斑目が心の支えにしてくれる存在になるよう、努力するしかないのだろう。

それから坂下は、診療所でいつもの通り患者のために仕事をする日々を送った。

日常の仕事をしながらも、待合室にたむろしている連中には『夢の絆』からの接触がなかったか聞いて回る。しかし、思っていたより情報は少なく、声をかけられた者はなかなかいなかった。

診療所に集まるのは、精力的に働いている労働者が多いせいかもしれない。

ホームレスの見回りに出た時にも聞いて回ったが、声をかけられた者はいても実際に施設まで行った者はいなかった。

おそらく美濃島の話に興味を示す者は、既に『夢の絆』の施設に行ってしまったのだろう。

残っているのは、共同生活や決まり事が苦手で、自由を手放してまで生活保護を受けたくないというタイプの男ばかりだ。

しかし、斑目はさすがだった。坂下がなんの手がかりも見つけられなかったというのに、借主の半分が『夢の絆』の施設に向かったという簡易宿泊所の情報を手に入れてきたのだった。

休診日を使い、坂下は斑目とともに『夢の絆』のメンバーが執拗《しつよう》に声をかけて回っていたという簡易宿泊所に向かった。

「ここですか」

二人が訪れたのは、簡易宿泊所の中でも金がない者が泊まる場所だ。木造二階建てになっており、年季の入った建物はいつ倒壊するだろうと身構えてしまうくらいボロボロだった。

一部屋にベッドが六つもあり、ほとんど身動きのとれないような狭い場所に詰め込まれる。『夢の絆』が目をつけるのも、無理はないだろう。

宿の主人に話を聞いてみると、直接誘われてはいないが、今部屋にいる客の一人なら知っているかもしれないと言われて斑目と二人で二階に上がっていく。階段は歩くたびにギシギシと音がし、壁の板もあちらこちらが傷んでいるのがわかった。天井には雨漏りの跡が残っており、窓は薄っぺらいガラスで隙間風が吹き込んでくる。

冬になると、気温は外気と同じくらいまで下がるだろう。どこか饐《す》えた匂いもし、貧乏に慣れている坂下でもここで生活を続けると思うと気が重くなるような場所だった。雨風凌《しの》げるだけまだマシというくらいだ。

「あ、ここです」

部屋の前まで来るとドアをノックし、ゆっくりと開けた。汗やタバコの匂いが鼻につき、思わず眉をひそめる。窓を開けても風が通らないらしく、空気が悪い。

よく見ると、窓の外はすぐ隣の建物の壁が迫っていた。

「すみません。ちょっとお伺いしたいんですけど。『夢の絆』という団体についてなんですが」

男は、坂下に背を向けたまま寝そべっていた。髪はバサバサで髭も随分と伸びているようだ。身につけているシャツはよれよれで、何度洗濯したのかわからないほど布地が磨り減っているのがわかる。

答えがないため、もう一度声をかけてみる。

「あの……『夢の絆』をご存知ですよね？」

「さぁな」

短い言葉に、男が坂下たちを警戒しているのがわかった。それも仕方のないことだ。過去を捨ててきた男たちに、人との繋がりを持ちたがらない者は多い。しかも、わざわざ訪ねてくる知らない相手が何を考えているのか、不審に思うのも当然だろう。

「おい、人が話してんだ。ちょっとくらい耳ぃ貸してくれたっていいだろうが」

「誰だ、お前」

男は寝そべったまま、顔だけ坂下たちへ向けた。鋭い視線からは、拒絶しか窺えない。

「俺も日雇いなんだよ。調べてる組織があるんだ。あんたが『夢の絆』を名乗る団体の職員から声をかけられたって聞いたもんでね。詳しく聞きたいんだよ」

斑目はそう言って、五千円札を一枚男に差し出した。すると男はそれを摑み、坂下に視線を移す。

「こっちも貧乏医者だ。これ以上無駄金使う余裕なんてない。話さねぇんだったら、他を当たるぞ」

斑目が一度渡した金を奪って軽く掲げると、男はむっくりと起き上がって斑目が指に挟んでいた札を取り返し、ベッドに胡坐《あぐら》をかいた。そして、枕《まくら》の下からタバコの包みを取り出し、一本咥えてに火をつける。軽く咳き込んだ。痰《たん》が絡んだ咳だった。

『わかば』は、この街ではよく見るタバコの銘柄だ。安タバコと言われているが、今では昔に比べて随分値上がりしている。それでも、この街の人間が酒やタバコをやめることはない。

「言うよ、なんでも聞いてくれ」

「お前、『夢の絆』ってところから誘われたんだろう？」

「ああ、そうだよ。安い値段でここよりいい部屋に住まわせてやるって言われた。個室で風呂もあって、しかも食事つきだ。生活保護の申請の仕方も教えてやるって言ってたな」

男は空き缶の中に灰を落とし、もう一度斑目と目を合わせた。時折、咳が出ている。

「どうして行かなかった？」

「俺は働ける。そこまで堕ちちゃいねぇよ」

口から吐き出された煙が、輪を作った。

「他に誰か誘われなかったですか？」

「ここにいた奴は何人か行ったよ。汗水垂らして働いても、こんなクソみてぇな場所でしか寝泊まりできねぇんだ。そりゃ行きたくもなるだろうよ」

「それは、生活保護を申請するために入居したってことですか？」

「ああ。俺が知ってるだけでも三人は行くっつってた。俺を誘った奴は、少し前までここに寝泊まりしてた労働者だよ。ずっと同じ部屋だったから知ってる。そいつも今は生活保護を貰ってると言ってたな。ポイントさえ押さえりゃ、貰うのは簡単なんだと」

坂下は、斑目と視線を合わせた。

働ける労働者にまでその手を伸ばし、利用しようとしている。『夢の絆』にとって、入居者たちはただの金蔓《かねづる》でしかない。自立を支援するどころか、自分たちの利益のためならそれを阻止することさえ厭《いと》わないだろう。

人の弱さにつけ込み、堕落させるなんて許せないことだ。

「その人は、『夢の絆』のメンバーになったんですか？」

「いや。ただ、施設に入居する奴が多いほど経費が節約できるから、人を集めるとも言ってたな。誘って回ってんのは、一人連れてくるごとに報酬が貰えるからだと。連れてきた奴がまた別の奴を連れてくれば、さらに金が入るとも言ってたな」

確かに、人が多ければ一人頭かかる経費は抑えられる。だが、人を増やすために取っている手段は、まさにネズミ講だ。まともな団体のすることではない。

「あんなところ行ったって、どうせロクなことになんねぇのにな。すっかり堕ちちまって、馬鹿な野郎だ」

鼻で嗤うのを見て、この男は誘惑に負けなかったのだと心強さを感じた。どんなに環境が悪く、生活が厳しくても、働けるうちは自分でなんとかするというプライドだけは捨てなかった。

けれども、そういう者ばかりではないというのもまた事実だ。実際、男が知っているだけでも働ける者が何人かついていっている。そこで待っているのは自立なんかではなく、飼い

殺しのような生活だ。

　自立もできない。元の生活にも戻れない。

　そうなれば、誰も希望など持てなくなるだろう。

「他に知ってることは？」

「もうねぇよ」

「そうか。休んでるところ邪魔して悪かったな」

　斑目はそれだけ言い、坂下に帰るぞと目配せした。小さく頷いて一緒に出ていこうとするが、部屋を出る寸前、男がまた咳き込んだのが聞こえた。足を止めて男を振り返る。

　男は、背中をこちらに向けてベッドに寝そべっていた。もう坂下を見ようともしないが、声をかける。

「あの……タバコの吸いすぎには気をつけてくださいね。喉の調子悪そうですよ」

　意外にも、男は軽く身を起こして坂下を振り返った。怪訝《けげん》そうな顔をした後、何も言わず背中を向けたが、まさか自分の言葉に反応するなんて思っておらず、耳を傾けてくれたのかとわずかな希望を抱く。

「体調が悪かったら、診療所に来てください。公園の向こうでやってるんです。ある時払いというのもありますから」

　今度は、男は反応しなかった。

「それから、寝タバコも気をつけて。躰をお大事に」

聞いているのかどうかわからなかったが、最後にそう言ってから部屋を後にする。建物を出ると、斑目と並んで歩いた。調べれば調べるほど、きな臭いものを感じずにはいられない。叩けばまだまだ埃《ほこり》は出てくるだろう。

斑目の視線が注がれているのがわかり、目を合わせた。

「なんです?」

「相変わらずお節介だな」

「いいじゃないですか。ちょっと言うくらい。どうせ俺の話なんて聞いてなかったけど、言うだけはタダでしょう」

「いや、ちゃんと耳には届いてるぞ。先生の気持ちは、いつか通じるよ」

「だといいんですけど」

坂下の言葉に斑目は笑っているが、その表情の奥に斑目のどんな気持ちが隠れているのだろうかと思った。

美濃島のしていることが少しずつ明らかになるにつれ、斑目が自分をより責めるのではないかと心配になった。それは、美濃島のことを弟思いのいい兄貴だったと言っていたことからも、想像できる。

弟を騙すことに、一人だけ反対した美濃島。

最悪の結果になったことが、純粋な少年の心を傷つけ、家庭崩壊という形で弟だけでなく両親も失った。自分の向こうに死んだ弟の姿を見続ける母親に、何を感じていたのだろう。そして、その発端となった出来事に少なからず関《かか》わっていた斑目は、今何を感じているのだろう。この街のホームレスたちが、暴利を貪るための道具にされていることを、どう感じているのだろう。

「見に行ってみるか」

「え……?」

「『夢の絆』の施設だよ。場所はジジィに聞いてあるからわかる」

行って、どうするのだろうと思った。すでに久住が一度施設を見てきている。これ以上何を見ようというのか。

たとえ、潜入して何か探るにしてもなんの準備もしていない。

それとも、単に自分の目で確かめたいのか——。

「どうした?　行くぞ」

「え……。は、はい」

声をかけられ、坂下は慌てて斑目についていった。このまま行かせていいのだろうかとも思うが、止める理由も見つからず、結局何も言えないまま『夢の絆』の施設に到着する。

施設は、坂下たちのいる街からすぐのところにあった。

数年前に倒産したホテルを使っていて、敷地は随分と広い。宿泊施設ということなら、元あった厨房《ちゅうぼう》なども再利用できるだろう。少ない資金で施設の運営を始められるはずだ。入居者の負担も少なくて済む。

もし、本当に非営利団体として入居者たちのことを考えているのなら……。

「中に入るぞ。見つかったら、美濃島を訪ねてきたと言え。疑われても平然と嘘をつけば滅多なことはされないだろうが、俺の側を離れるなよ」

「わかりました」

坂下は、斑目の後について敷地の中へと入っていった。敷地は二メートルほどある壁で囲われていて、中に入ると外からは見えなくなっている。

以前はきれいな庭が拝めただろうが、今はその片鱗《へんりん》すらなかった。建物も老朽化が進み、壁の一部が剝がれたりヒビが入ったりしているところもあった。

入居者の姿は、敷地のあちらこちらで見られたが、坂下たちを気にするでもなく、まったく興味を示さない。かといって、街の連中のように酒を飲んだり賭け事をしたりして騒いだりしているわけでもなく、ぼんやりと座っているだけの者もいた。

どう見ても、充実した衣食住を与えられているとは見えない。

そこに集まっている人たちの表情からは、どこかギスギスしたところが感じられるのだ。その空気は施設全体にも漂っていて、重く、澱《よど》んでいるように感じた。

また、ゴミ置き場などに積み上げられたゴミは乱雑で、厨房の裏もまったく片づいていない。

「あ……」

「どうした？」

坂下は、よく声をかけていたホームレスの姿を見つけた。愛嬌があって、坂下が声をかけるとよく答えてくれた。なかなか心を開いてくれない者も多い中、他のホームレスたちの状態を教えてくれることもある。

しかし、今の表情は本当に同じ人物なのかと疑いたくなるほど暗い。公園で寝ていた時は、同じだらだら過ごすにしても雰囲気が違った。何が違うのか上手く説明できないが、男がここに来て幸せになったとはとても思えない。

ショックを隠しきれず、遠くからその姿を目で追う。

「知ってる奴か？」

「俺が……ときどき声をかけてた人です」

呆然《ぼうぜん》としたまま答え、しばらく男の様子を見ていたが、坂下は我に返った。斑目を見ると、顔をしかめて坂下の視線の先を見ている。

「マメに声をかけてたのか？」

「えっと……」

「せっかく先生が地道に声かけしてきたのにな、こんなところで腐らせるわけにはいかねぇな」

斑目の言葉は、まるで自分を責めているようだった。何を言っていいのかわからず戸惑っていたが、斑目に肩を摑まれて厨房の裏口を見ろと合図される。

中から出てきたのは、スタッフらしい男だ。男は二人を見てここの入居者ではないと感じたようで、坂下たちの様子を窺いながら近づいてくる。

「行くぞ」

「はい」

二人は、すぐさま施設の敷地から外に出た。外まで追ってくるかと思ったが、施設からそれらしき声は聞こえず、誰も出てこない。それでもすぐにここから離れたほうがいいと、街に向かって急ぐ。

前を歩く斑目の背中を見ながら、ショックを顔に出すなんて迂闊だったと、深く反省するのだった。

見に行くんじゃなかった。

坂下は、斑目と『夢の絆』の施設を見に行ったことを後悔していた。あれから丸一日半が過ぎているが、その思いは時間が経つにつれて強くなる。

聞かれたからと言って、何も自分が声をかけていたホームレスだなんて言う必要はなかったのだ。あれでは、美濃島の今に責任を感じている斑目を責めているのと同じだ。

ちゃぶ台の上の夕飯は半分ほど減っているが、味なんてしなかった。ときどき思い出したように箸《はし》をつけるが、なかなか喉を通らず、とうとう食べるのをやめてしまう。

両手で前髪をかき上げると、頭を抱えるように髪の毛をくしゃっと摑み、深い溜め息を漏らした。

（なんて馬鹿なんだ……）

後悔してもしきれない。時間を戻すことができればどんなにいいかなんて、望んでも仕方のないことを何度も考えてしまう。斑目の力に、支えになりたいのに、こんなことではなんの役にも立たない。

「どうかしたんか～？」

飄々《ひょうひょう》とした声が背後から聞こえてきて、坂下はゆっくりと振り返った。すると、階段を上ったところに久住が立っている。

「あ、久住先生。お帰りなさい」

坂下は食べかけの食事にラップをしてから、冷蔵庫の中に入れた。酒を飲んで上機嫌で帰ってきた久住のためにコップに水を汲《く》み、ちゃぶ台の上に置く。久住はそれを一気に飲み干し、ぷは～っと息を吐いてみせた。呑気な態度に少し癒《いや》された気がして、わずかに口許を緩める。

「今日は小言はなしか。門限過ぎておるぞ」

「あ、本当だ」

時計を見ると、午後十時を過ぎている。けれども、今日はそんな気にはなれない。

「まったく、昨日から辛気臭い顔しとると思ったら……。あやつのことか?」

酔っていると思ったが、さすがに久住の目は誤魔化《ごまか》せないようだ。自分のようなひよっこのことなどなんでも見透かしていそうで、素直に意見を聞いてみることにする。

「実は昨日、『夢の絆』の施設を見に行ってきたんです」

「わしが見てきたのに、わざわざか?」

「ええ。斑目さんに誘われて……」

坂下の言葉に、久住は「ほほう」と言って笑った。

「どうして見に行ったんでしょうか?」

「あやつに自虐的なところがあるとは思えんが……まぁ、自分の目で確かめたかったんじゃろ。自分のやってきたことの結果じゃからな」

「結果って……そんな大袈裟《おおげさ》な。確かに美濃島さんがああなってしまったことに弟さんの死が関係しているかもしれませんが、斑目さんは頼まれて嘘をついただけです」

「それはそうじゃが、あやつはそう思っておらん。事実は事実として、あやつがどう思っておるのかも大事じゃ」

確かにそうだ。ここでどんなに違うと言っても、斑目が自分のせいだと思っているのなら同じことだ。斑目は、自分に言い訳などしないだろう。

頼まれて、協力したのは斑目だ。自分の意思で美濃島の弟を騙し、嘘をついたまま彼は死んだ。そして、ただ一人弟を騙すことに反対した美濃島は、大人たちを恨み、斑目を恨んでいる。

どうしてそんなことに気づかなかったのだろうと思う。

どうして、斑目の苦しみがこれだけ深いのか、気づかなかったのだろうと……。

「久住先生、ちょっと出かけてきます。留守番お願いしていいですか？」

「ええぞ。わしは風呂に入ったら寝るからの～」

「お酒入ってるんだから、一人の時は我慢してください。危ないですよ。入るなら、明日の朝にしてください」

「それもそうじゃな。もう眠いし、明日にするか」

「はい。おやすみなさい」

斑目と話をしようと、坂下は白衣を羽織り、聴診器を首にかけて診療所を出た。公園を覗いたが姿はなく、簡易宿泊所に向かう。宿の主人に聞いても斑目は今日は一度も戻ってないと言われ、角打ちにもいなかった。

（どこに行ったんだ？）

ますます心配になり、街中を捜す。斑目がいそうなところはあらかた捜したがやはり見つからず、諦めて診療所に向かい始めた。

しかしふと足を止め、今来た道をもう一度歩き出す。気が急いているのか、次第に歩調は速くなり、最後のほうは小走りになっていた。軽く息を切らし、心当たりのある場所を目指す。

街外れまで行くと、坂下は土手のほうに向かった。

そこには桜の木がある。一年で少しの間だけしか花をつけないが、春先から見られる美しい光景は、毎年密《ひそ》かに楽しみにしているものだ。芽吹き出してから散り行くまで、見る人の心を捕らえて放さない。

斑目はそこにいた。地べたに座ってタバコを吸っている。その背中がどこか辛そうに見えるのは、気のせいではないだろう。

坂下は軽く深呼吸をし、土手を下りていった。

「斑目さん。こんなところにいたんですか？」

声をかけながら、もしかしたら誰とも話をしたくないかもしれないと思ったが、意外に斑目の反応は柔らかだ。

「おう、先生。どうした？」

「ホームレスの方たちの見回りです。風が気持ちいいから、ついでにこの辺りまで散歩に来たんですよ」

嘘だというのは、斑目にもわかっているだろう。けれども、坂下が一緒にいることを拒絶しているわけではない。

坂下は、隣に腰を下ろした。斑目が何を考えているのだろうと、様子を窺う。

「『夢の絆』はまだまだ裏がありそうだな」

「ええ。なんとか『夢の絆』の実態を暴けたらいいんですけど」

「美濃島たちのやり口を考えると、一筋縄でいくとは思えねぇ。なかなか尻尾《しっぽ》を出さないだろうな」

風はなく、斑目の吐く煙がゆるりと川のほうへ漂っていった。

桜は咲いていなくても静かに流れる川の景色は美しく、夜空を映す水面はなんとも言えない深い色をしている。それは黒々とした艶《つや》やかな衣のようで、見慣れているはずの川の姿が、こんなにもいつもと違って見えるものかと小さな驚きを抱いた。

一本いるかとタバコの包みを差し出されるが、首を振ってそれを断り、斑目の横顔を盗み見る。どう切り出していいのか、わからない。

「なんだ？　チラチラ覗きたくなるほど俺は男前か？」

いつもの軽口だったが、それが逆に心配だった。冗談で自分の本心を誤魔化そうとしている気がしてならない。

「そうやってふざけてみせるのは、自分の本音を隠すためですか？」

「何言ってやがる」

「俺にだって、そのくらいわかります」

はっきり言うと、斑目は無言で坂下に視線を移した。憂いすら感じる瞳《ひとみ》に、やはり自分の思い違いでないと確信する。

坂下は、中指でメガネを押し上げた。

「手術をしてやればよかったって、前に言ったじゃないですか。やっぱり、美濃島さんの弟の死を自分のせいだって思ってるんでしょう？」

「あいつは……俺の噂を聞いて、俺がいた病院に来たんだ。俺がいなけりゃ、別の病院で手術を受けてた。医療過誤で死ぬことはなかったんだよ」

「でもそれは……っ」

「運が悪かっただけとでも言うのか、先生」

ドキッとした。斑目の言う通りだと思っていたからだ。見透かされているとわかり一瞬口を噤んだが、考えは変わらない。

「ただの慰めに聞こえるかもしれないですけど、実際にそうじゃないですか。責任を感じる必要なんてないです」

「黙れよ、先生。そんな言葉で取り繕ったって、俺のやったことは消えない」

自虐的に嗤う斑目を見て、坂下は唇を噛んだ。

なぜ、もっと見せてくれないのだろうと思う。これまで斑目には散々世話になった。散々協力してもらった。しかも、もう普通の関係ではない。身も心も、斑目とは深い繋がりを持ってしまった。それなのに、肝心な時になんの力にもなれない。

悔しさと、情けなさでいっぱいだった。

「どうしてそんなに自分を責めるんです？　どうして、そこまで責任を感じるんです？」

そんな必要はないと言いたかったが、それは逆に斑目の神経を逆撫でしたようだ。

「じゃあ、先生は忘れられんのか？　自分が見捨てた患者が、自分を慕っていた患者が、自分を信じたせいで死んだことを、記憶から消せるのか？」

「……っ」

「平気な顔して、俺には関係ないって言えるのか？」

斑目の苛立《いらだ》ちが伝わってきて、坂下は胸が痛くなった。斑目が負っている傷が、次第にはっきりと見えてくる。

坂下が思っていた以上に、斑目は美濃島の弟のことで苦しんでいた。取り返しのつかない結果になってしまったことの原因がすべて自分にあるとでもいうようだ。

そして、それらを一人で背負っている。

「帰れよ、先生。もうこれ以上おしゃべりする気はねぇんだ」

「帰りません」

「お節介がすぎると、痛い目見るぞ」

斑目が脅しにかかっているとわかっていたが、引き下がるつもりはなかった。

「俺のお節介は今に始まったことじゃないって、斑目さんが一番よく知ってるんじゃないですか？　このまま帰るなんてできません」

「だったら、俺が帰るよ」

斑目はタバコを消すと、立ち上がって歩き出した。慌てて追いかけ、腕を摑んで引き止めようとする。

「待ってください、斑目さん。どうして、全部自分のせいみたいに言うんです？」

言いながら、自分はなんて堪え性のない男なのだろうと思った。

本当は、自然に斑目が自分を頼ってくれるのを待つつもりだった。支えが必要だと求められた時に側にいてやれる存在になるつもりだった。こんなふうに、無理やり心に押し入るような真似はしたくなかった。

けれども、これ以上斑目が自分を傷つけるのを見ていられない。理想を追っていても、無駄に時間が過ぎていくだけで、その間に斑目は自分を痛めつけることをやめないだろう。

「いい加減にしろ。俺の理性があるうちに、診療所に戻れ！」

「戻りません！」

「……っく、強情だな。俺は帰れと言ってるんだよ」

「嫌です！」

揉み合いになるが、一歩も譲る気にはならず喰い下がる。あまりのしつこさに業を煮やしたのか、今度は言葉ではなく行動で脅すように押し倒される。

「馬鹿が……」

その言葉は、坂下に対して放たれたものにも聞こえたし、斑目自身に対しての言葉にも聞こえた。本当は、こんなことをするつもりなどなかったのだろう。

しかし逆を言うと、感情のままに行動してしまうほど、冷静さを欠いているということでもある。心が乱れているのだ。

「……だから、帰れと言ったんだ」

仰向けに倒れた坂下に覆い被さるような格好で地面に両手をついている斑目に上から見下ろされ、睨み合う。荒くなった二人の息遣いが、静かな空気を乱していた。

「だから、こういう目に……遭《あ》うんだよ」

「……っ」

首筋に顔を埋められ、躰が小さく跳ねる。

こんなのは、斑目らしくない。しかし、抵抗はしなかった。こんなことで斑目の傷を癒せるとは思ってはいなかったが、ほんの少しの間、忘れることはできるかもしれない。それならば、たった少しの時間のために自分の躰を使うことに、なんの抵抗もなかった。

「ぁ……っ」

「今日は優しいな。俺を慰めるために、躰を差し出すってのか？」

揶揄《やゆ》してみせる斑目に、挑発的な視線を返す。何度も躰を重ねたはずだったが、突き刺さるような視線は怖くすらあった。まるで知らない男を見ているようだ。

だが、それはそんな気がするだけだ。

いつもふざけた態度で下ネタばかりを口にするどうしようもない男は、そして思いやりと人間味に満ちている男は、間違いなく目の前にいる。

「だったら……どうなんです」

挑むような坂下の言葉が、斑目を辛《かろ》うじて踏みとどまらせていたものを砕いた。

「手加減しねぇぞ」

「ぁ……っ」

無精髭が首筋に当たり、坂下は眉をひそめた。乱暴な愛撫は、坂下を試しているようでもある。

それなら試してくれて構わないと、坂下は自分の身を差し出すのだった。

斑目の痛みが、流れ込んでくるようだった。苦しい心の内が、手に取るようにわかる。

「……っく、……ぁ……っ、あっ」

痛みにむせながら、坂下は斑目をいっぱいに感じていた。

激しい後悔と自責の念が、とぐろを巻いている。斑目ほどの男をも呑み込んでしまうほどの、深い闇だ。何度、自分で自分を罵倒しただろうか。この街に来た時は、どんな気持ちだったのだろうと想像する。医師であることを捨てずにはいられなかったほど、ボロボロだったに違いない。

それでも、斑目は坂下のために何度もメスを握った。

「俺は、最低の医者……だったんだよ」

「でも……、今は……、……ぁ……」

性急な仕種《しぐさ》でシャツのボタンを外され、肌が外気に晒される。

ここ数日、日が沈んだ後の外気温は肌寒いと感じるくらい下がるようになったからか、斑目の熱い体温がより強く感じられた。そしてそうしているうちに、坂下もまた自分の奥から湧き上がってくるような熱に包まれていき、肌寒さなどまったく感じなくなる。

「今は……っ、最低なんかじゃ……な……、……ぁあ……っ」

「どうしてそう言える？」

「俺が……知ってる、斑目さんは……、……はぁ……っ、……最低なんかじゃ……ない、から……っ、……っく」

斑目が、喉の奥でクッと嗤ったのが聞こえた。坂下の言葉を信じていないのだとわかる。こんな自虐的な斑目を見るのは、初めてかもしれない。

「憂さ晴らしに、こんなことする俺が……っ、最低じゃないってのか？」

斑目は揃えた人差し指と中指を口の中に入れ、たっぷりと唾液《だえき》を絡ませてみせた。これから何をしようとしているか、それを見ただけですぐにわかる。

最低なんかじゃない――坂下の言葉を否定しようとしているのだろう。自分がどれだけ最低なのか、見せつけたいのだ。

それでもはっきり言える。斑目は自分で言うような男ではない。何をされても、憂さ晴らしに使われても、全力で否定できる。斑目はこんなにも苦しんでいるのに、なぜそんなふうに思うことができるだろうか。

最低の男は、こんなに苦しんだりしない。

これまで斑目を間近で見てきた自分がよく知っていると、心の中で強く訴える。

斑目のおかげで、何度も救われた。医師としての腕が、坂下の窮地を救った。危険な男たちの手から護《まも》ってくれたこともある。

けれども、一番大きなものは、心だ。何度も心を救われた。支えられてきたのだ。

その存在がどれだけ大きなものになっているのか、伝えたい。どれだけ自分が救われたのか、わかって欲しい。

「ど……して、……自分を……っ、そんな、ふうに……、……ぁあっ」

「力抜いてろ」

「ぅ……っく」

左手だけで器用にスラックスと下着を膝まで下ろされ、右脚だけその中から引き抜かれて膝を肩に担ぎ上げられ、後ろを探られた。まだ固く閉じたそこは、斑目の指の侵入を拒んで許そうとしない。

しかし、容赦なく指をねじ込まれる。

「ぁあっ！　……っく、――あっ！」

いきなり二本挿入され、坂下は苦痛のあまり眉をひそめた。唇の間から漏れる声も、愛する者と肌を合わせている時のそれではない。掠れた声は、早く終わって欲しいと、助けて欲しいと訴えているようでもあった。

だが、乱暴な扱いにもかかわらず、憎らしいほど斑目を想う気持ちは変わらない。

「斑目、さ……っ、……あっ、……く、……んぁっ」

こんな時、苛立ちをぶつける相手が自分でよかったとすら思った。他の誰でもない、自分を選んでくれたことが嬉しくてならない。斑目が苦しんでいる時に、そんなふうに感じる自分はどうかしていると思うが、本心だ。

苦痛に苛《さいな》まれながら、斑目に対する自分の気持ちの大きさをはっきりと認識する。

「ぁ……、……っく、……はぁ……、……ぁ……っく、……ぅ……っ」

小刻みに息をしながら、うっすらと目を開け、斑目の姿を映す。きつく閉じられていた瞼《まぶた》が開いたことに気づいた斑目が、視線を合わせてきた。

そして舌先をチラリと覗かせて唇を舐めると、さらに容赦なく後ろをほぐされる。

「これでも、……最低じゃないって、言えるのか？」

「う……っく、……言え、ます……っ、……俺は……、……ここに来て、から……、……はぁ……っ、斑目さんを……見て、……きたから……、んぁ……」

苦痛のあまり、目から涙が溢れた。熱い涙だった。

「俺を……、信じて……くだ、さ……、信じて……、……俺を……」

何度も訴えるが、通じたのかはわからなかった。指を引き抜かれ、斑目が作業ズボンの前をくつろげて下着をずらしたかと思うと、屹立をあてがわれる。

「ぁあっ！」

先端をねじ込まれ、坂下は無意識ににじり上がって逃げようとした。しかし、右膝を肩に担がれたままではほとんど身動きはとれない。しかも、完全に斑目に組み敷かれているため、ただ受け入れるだけだ。

「んぁ、あ、——ぁああっ！」

根元まで深々と収められ、坂下はなんとか呼吸を整えようと、小刻みに息をした。気が遠くなる思いがしながらも、熱に浮かされるように自分の気持ちを口にする。

「好き、です……、……斑目、さ……、……好き、です……」

「先生……」

どうしてこんなにも斑目を好きになったのか、自分でも不思議だった。斑目に対する想いは、これまで誰にも抱いたことがないくらい強く、そして深い。

この想いを自覚して随分経つというのに、今でも徐々に魅かれていくのだ。一日一日、斑目をより好きになっている気がする。

「どうして、……そんなふうに言えるんだ。……俺は、……患者を見殺しに……」

「好き……、です」

「……っ！」

斑目の背中に腕を回し、斑目の熱を腹の奥に感じながらもう一度言った。

「好きです」

何度も言葉にして訴えている自覚がなく、さらに繰り返す。

「好き……、です」

幾度となく繰り返される言葉に、斑目がなぜそんなことが言えるのだとばかりに、真っすぐな視線を注ぎ込んできた。それに応えるように、必死で訴える。

「斑目、さんは……っ、……患者を、見殺しになんか……っ、……はぁ……っ、して、……な……、……そんなこと……する人じゃ、な……、……あぁ……」

かつて自分の腕に溺れていたとしても、こんなにも苦しんでいる斑目が、簡単に患者を見殺しにしたとは思えなかった。

それは、徐々に自分の間違いに気づいたことからもわかる。

本当に患者を見殺しにするような男だったなら、今でも変わらず医師であり続けただろう。この街に流れ着くこともなかった。人間味溢れる男たちが集《つど》うこの街に、溶け込むこともなかった。

そして、そんな男だからこそ、これほど好きになったのだ。

「……っ、……だから……、……はぁ……、斑目さんが……」

伝えたいことのほとんどは言葉にならなかったが、それでも心に訴えかける。すると、乱れた前髪を乱暴にかき上げられ、すぐ近くから表情をじっと眺められた。思いつめたような瞳の色は、見ているだけで切なくなる。

「……斑目さんが……、……好き……」

「俺もだよ、先生。……俺も、好きだ。……愛してる」

「あぁ……、――ぁ……っ!」

一度引き抜かれるがすぐに最奥まで収められ、坂下は甘い掠れ声をあげた。

息をつく間もなくまた引き抜かれ、突き上げられる。動きは次第にリズミカルになっていき、坂下は自分を呑み込もうとする愉悦の波に連れていかれそうになっていた。

心を締めつける切なさと躰が貪る肉体的快楽の間で、激しく揺れている。

「ぁあ、あっ、……んぁ、……っく、ぁあっ、んぁ……っ!」

「……っく、……先生……っ」

「斑目さ……、――ん……っ」

唇を重ねられ、坂下は斑目の背中に回した腕に力を籠めて求めに応じた。斑目の舌先が侵入してくると、積極的に唇を開いて舌を差し出す。

斑目のキスは濃厚で、鼻にかかった甘い声が漏れるのをどうすることもできなかった。舌を絡ませ、互いの存在を確かめ合うように角度を変えて何度も唇を重ねる。

「んぁ……、……ぁ……ん、……ぅん……っ、……んぁ」

これほど求めていいものかと思うほど、斑目の唇を貪っていた。激しく躰を揺さぶられ、何度も突き上げられながら繰り返される濃厚な口づけに、息をあげる。

時折歯と歯がぶつかるが、それが坂下をよりこの行為にのめり込ませた。激しく求められているると感じるほどに、愉悦は深くなる。

「うん……、……んぁ、……んっ」

斑目を咥え込んだ場所がはしたなくも柔らかくほころび、収縮しているのが自分でもわかった。浅ましいくらい悦びを感じ、もっと深いところまで来てくれることを欲している。満足することを知らない己の躰に翻弄されるのは、何度目だろう。濁流に呑み込まれるように、あっという間に理性ごと自分を奪われるような感覚だ。

抗う術《すべ》など、あるはずもない。

「んぁ……」

唇を解放され、坂下は斑目に縋りながらも、自分を突き上げる男の姿を目に焼きつけようとうっすらと目を開けた。

（あ……）

その獰猛《どうもう》な視線に、頬が熱くなる。

慰めるはずの行為だったが、もはやそれだけではなくなっていた。深い傷を負う斑目を救ってやりたいという気持ちを抱きながらも、求めずにはいられずに、湧き上がる気持ちのままに快楽を貪ってしまう。

坂下は、心底思い知った。

こんなにも、愛している。こんなにも深く、斑目を愛している。

これほど強く誰かを想ったことなど、一度もない。

「先生……っ」

「ぁ……っく、……くぅ……っ、……っ、……っく」

斑目の背中に回した手が、シャツをかき毟った。容赦なく自分の奥に入ってくる斑目に、その傷の深さを思い知らされながら身を委《ゆだ》ねる。

何をされても、どんなに乱暴に抱かれても、斑目への気持ちは揺らがない。坂下は斑目の乱暴な求めに応じ、受け止めた。

「先生、……っく、……先生」

「ぁああ……っ！」

繋がった部分が、斑目をもっと深く呑み込みたいと訴えている。浅ましくもはしたない自分に呆れながらも、一度燃え始めた劣情の焔《ほむら》を消すことはできないとわかっていた。

焼き尽くされなければ、決して終わらない。

「あう……、……っく、……んぁ、……ひ……っく、……ぅ……っ、……はぁ……っ」

躰を揺さぶられ、より激しく自分を貪る斑目に触発されるように、坂下もまた獣へと姿を変えていった。耳許で聞かされる息遣いも、坂下を熱くするものだ。

激しく躰を揺さぶられながら、深く、深く、溺れていく。

「……先生」

こめかみに唇を当てたまま、縋るように自分を突き上げる斑目に身を差し出す悦びに目眩を起こす。

「斑目さ……、……っく、……あっ！」

あまりに激しい行為に気を失いそうになりながらも、坂下は斑目の肩越しに見える桜の木を瞳に映した。花の季節はとうに終わり、今は緑の葉も随分と落ちていた。土手に一本だけ咲いているソメイヨシノ。

覚えている。以前も、ここで斑目と抱き合った。

克幸の口車に乗り、祖母のフサに手術を受けさせるために克幸のところへ行こうとした時だ。行くなよと耳許で囁かれながら、激しく抱かれた。

この街を出ていこうとして、止められたのだ。

あの時は、桜の花が咲いていた。

なぜ、昔のことを思い出したのか、わからない。ただ、これまでのことを思い出すにつれ、斑目を愛する気持ちがどんなふうに積もっていったのか、より深く感じることができたのは事実だ。

（斑目さん……）

激しさの中で自分の気持ちを噛み締めながら、更けていく夜とともに二人は獣と化していった。斑目に愛される、そして愛する悦びに包まれている。

躰は辛かったが、決して辛い交わりではなかった。

斑目に抱かれた感覚が、躰に残っていた。まだ、斑目と繋がっているようだ。

後始末をされた後、坂下は草むらに寝そべったまま、ぼんやりと桜の木を瞳に映していた。斑目は数分前に飲み物を買ってくると言って、どこかへ行ってしまった。

静まり返った夜にこうしていると、普段は気づかない物音もよく聞こえる。虫の息遣いまで、感じられそうな気がした。

しばらくそうしていると、草をかき分けて歩いてくる足音が聞こえてきた。斑目だ。こんな静かな夜でもないと、聞こえなかっただろう。見ずとも、だらしなく靴の踵を踏んだ足で歩いてくる様子が手に取るようにわかる。

足音までいとおしく感じた。

「飲むか？」

「……ありがとうございます」

　ゆっくりと起き上がると、ペットボトルを受け取り、喉を潤す。先ほどまであれほど熱に包まれていたというのに、また少し肌寒くなってきて身を竦《すく》めた。

　すると、斑目がぴったりと躰を寄せてくる。触れている部分から斑目の躰の熱さが伝わってきて、心地よく感じた。

「乱暴にして悪かったな」

　少しバツが悪そうにしている斑目を見て、坂下は思わず笑みを漏らした。

「いいですよ。万能じゃない斑目さんのほうが魅力的ですから」

　からかうと、ますますバツが悪そうに頭を掻いてみせる。

「案外青臭いところがあるんですね」

　斑目の横顔は、いつも見ているそれと同じだった。先ほどの投げやりな態度も、苦しげな様子も残ってはいない。

　けれども、そう簡単に割り切れるものではないことも、わかっている。

　だからこそ斑目は、医師を辞めると決め、この街に流れ着いたのだ。自分なんかが一度躰を差し出して慰めたくらいで、乗り越えられるとは思っていない。その程度で解決するなら、今まで引きずってはいないだろう。

こうしている今も、斑目は過去の自分を恥じ、抱えている。

それなのに、斑目がこれまでに幾度となくメスを握ってきたことを思うと、なんとも言えない気持ちになった。

腕に大ケガを負った双葉を治療するため。フサの手術のため。そして、見知らぬ男の命を救うため。

何を思いながら、メスを握ったのだろうと思う。医師でいることを辞めた斑目に、どれほどの負担がかかっていたのだろうと……。

斑目の告白を聞くまで、何も知らなかった。

「斑目さん」

「なんだ?」

「斑目さんが簡単に自分を許せないのは、わかります。俺も斑目さんの立場だったら、そう簡単に忘れることなんてできないと思います」

坂下は、ゆっくりと言葉を噛み締めるように話し始めた。

「でも……罪は償えます」

美濃島の弟の死に責任を感じているのなら、それでいい。傷を抱えているのなら、自分を許せないのなら、それでもいい。もう、自分を許してやれなんて言わない。

こうして苛立ちをぶつけられ、それがどんなに難しいことなのかわかったからだ。

「美濃島さんのやってることを暴きましょう。暴いて、止めるんです。これ以上、『夢の絆』の被害者を出さないように」

坂下の言葉に、斑目は軽く息をついた。そして、坂下の言葉を嚙み締めるように呟《つぶや》く。

「美濃島を止める、か……」

「ええ。美濃島さんのしていることを突き止めて、あの人を止めるって考えたら、少しは罪滅ぼしになると思うんです。これ以上間違いを犯さないように暴いてやるのが、美濃島さんのためでもあるし、弟さんのためでもある気がするんです」

風が吹いた。静かに流れる川のどこかで、魚が跳ねたのがわかる。

すぐに返事はなく、この言葉もただの気休めにしかならないのかと思いながら反応を待った。言うべきではなかったかもしれないという不安もあったが、坂下が今思っている素直な気持ちだ。

美濃島をただすことで、少しは罪を償えると信じている。

「そうだな。あいつが好きだった弟思いの兄貴に戻すのが、せめてもの罪滅ぼしかもな」

斑目は、納得したように小さく笑った。そして、自分に言い聞かせるように、もう一度言う。

「先生の言う通りだ。後悔するばかりじゃなく、償わねぇとな」

その言葉を聞いて、坂下は安堵した。

これから先、斑目は美濃島の弟のことをずっと抱えていくのだろう。斑目は、少年に嘘をついたことを絶対に忘れない。過去を消したりしない。自分を許すつもりもない。

それなら、その傷を一緒に抱えていけばいい。それが、斑目の今をすべて受け入れることにもなるのだ。

仕方なかったなんて言葉はもう二度と言わない——そう自分の心に深く刻む。

そして同時に、『夢の絆』のしていることを必ず暴き、美濃島を止めると誓った。必ず、あの男を止めてみせると……。

斑目のために、死んだ美濃島の弟のために。そして、美濃島自身のためにも、負の連鎖を断ち切らなければと思う。だが、坂下の強い意思を試すかのように、なかなかその不正を暴く術が見つからないまま時間だけが過ぎていくのだった。


坂下の耳にその情報が入ってきたのは、十一月に入ってすぐのことだった。

斑目に呼び出されて角打ちまで出ていった坂下は、斑目と久住が座っているカウンター席についた。目の前の鍋《なべ》から漂ってくるおでんの匂いにつられて、大根やこんにゃくを注文してさっそく箸をつける。

「職業斡旋?」

「ああ、確かだ。日雇いの仕事先で聞いたんだがな、『夢の絆』の関係者がいい仕事があるって声をかけてきたんだとよ。そいつは行かなかったが、積極的に話を聞きに行った奴がいてな、最近姿を見ないって言うんだ」

斑目の話によると、『夢の絆』のスタッフと名乗る男に声をかけられた労働者が、長期労働に出て帰ってこないという。長期の労働自体はおかしいことではないが、『夢の絆』が関わっているとなると、警戒すべきだろう。

隣のカウンター席で焼酎をロックで呷っていた久住が、空になったグラスを店主に差し出してお代わりを催促する。

「生活保護と同じやり口じゃな。貧困ビジネスの一つじゃよ」

「ピンハネですか」

「そうじゃ」

久住曰《いわ》く、最初に提示される条件は労働者にとっていいものばかりだが、紹介料など何かと理由をつけてピンハネするといういたってシンプルなやり方だった。

長期滞在ということで、滞在にかかるベッド代などの費用をせしめるのは、まさに『夢の絆』が運営しているホームレス支援施設と同じ構造だ。労働者の手元に残るのは、ほんのわずかになってしまう。

もちろん不満は出るが、嫌なら辞めていいと言われるだけだ。途中で仕事を放棄したとして、金は一銭も支払われない。

一度摑んだカモは、なんとしても離さない。逃げられないよう、あらゆる手を使って搾り取れるだけ搾り取る。それが、連中のやり方だった。

「労災狙いの線もあるな」

斑目が、おでんの厚揚げを箸で二つに割ると、一つを口に放り込んだ。

「労災狙いって……まさか、作業中の事故を装うってことですか？」

「ああ。昔はよくあったんだよ。ある現場で指を切断する事故が多発した。ほとんどの奴が親指だったって事件がな」

「親指って……」

「ああ。親指は他の指をなくすより日常生活に支障が出るからな。入ってくる保険料もそれだけ多いんだ。事故の八割九割が親指だった現場もあったって聞く。さすがに今はそう簡単には保険が下りねぇから、あからさまなことはしないだろうが、似たようなことはしてるだろう」

そう言って残りの厚揚げを頰張り、さらに大根や卵など追加注文して次々と腹に収めていく。相変わらず食欲は旺盛《おうせい》で食べっぷりも見ていて気持ちいいが、斑目の表情は険しかった。

坂下も食べかけの料理に箸をつけるが、こんな話をしているからか、いつもほどは食事を楽しめない。

「どうしてそんなことをしている団体が、NPOを名乗れるんですかね」

「抜け道なんていくらでもあるんだよ。だから貧困ビジネスだって成り立ってる」

「そうですね」

話はそこで終わった。残りのおでんを平らげると、おにぎりを注文して腹に収め、早々に箸を置く。

「もう帰んのか?」

「ええ。食事も済ませましたし。ほら、久住先生も帰りますよ」

「なんでじゃ～、わしはもっと飲みたいぞ」

「駄目です、帰ります。じゃあ、おやすみなさい斑目さん」

置いて帰るとまた深酒をしそうで、坂下はカウンターにしがみつく久住を無理やり引き剝がし、店を出た。店を出てもなお飲み足りないという久住の訴えは無視して、手を引っ張りながらずんずん歩いていく。

しばらくすると、飲むのは諦めたようで抵抗はなくなったが、ぶつぶつと文句を言うのはやめない。

「まったく、お前さんは口うるさい嫁のようじゃな」

「なんで嫁なんですか」

「斑目は半分息子みたいなもんじゃからのう」

「だからなんで斑目さんが息子で俺が嫁なん……、──っ！」

坂下は、そこで言葉を止めた。

「どうしたんじゃ？」

「しっ」

久住の口を手で覆い、電信柱の陰に身を隠す。診療所の前に、辺りを警戒している男が二人いた。男たちは周りを見渡すと、診療所の敷地の中に入っていく。

（誰……？）

暗くて誰なのかよくわからない。もしかしたら、坂下たちが『夢の絆』を調べていることに気づいた美濃島に指示された誰かが、周りをうろついているのかもしれない。

「すみません、久住先生。斑目さんを呼んできてもらえますか？」

坂下は、小声で久住にそう頼んだ。もし、危険な人物だったらいけない。久住をこの場から遠ざけて、相手が誰なのかを確認したほうがいい。

「お前さんも、なかなか頼りになる男じゃな」

「え……」

「まぁいい。急いで行ってくる。気をつけるんじゃぞ」

やはり、坂下の考えなどお見通しのようだ。だが、その気持ちを汲んでくれたようで、素直に斑目を呼びに行く。久住の姿が角の向こうに消えると、坂下は軽く深呼吸をして心を落ち着けてから、診療所に近づいていった。

（いったい誰なんだ……？）

息を殺し、敷地の中を覗く。

その時、男の一人が坂下に気づいた。一瞬逃げるべきか考えたが、男の顔に見覚えがある。何度か診療所に来たことがある男だ。

「た、助けてくれ！」

「どうしたんですか」

駆け寄ると、男の衣服は泥だらけでボロボロになっており、顔には擦り傷も多数あった。ただごとではないと、急いで二人を診療所の中に入れる。

「診察室へ。まず、傷の具合から診ましょう」

「だ、大丈夫だ。ケガは……大したことない」

そう言われるが、坂下は診察室の椅子に二人を座らせ、明かりの下でざっと傷を確認して消毒だけ済ませた。そして、すぐに水を汲んできて男たちに飲ませる。必死で逃げてきたという表情だったが、ようやく落ち着きを取り戻したようで、顔色もよくなった。

斑目を呼びに行った久住が戻ってくると、いったん二人を診察室に置いて出ていく。

「何があった、先生」

斑目が慌しく入ってきた。

「大丈夫です。診療所に何度か来てた人が、助けを求めてきてくれただけです。事情はこれから聞きますから、とりあえず斑目さんたちも診察室へ入ってください」

念のため診療所の戸締まりをし、診察室に全員集まる。

「事情を説明してくれ」

「に、逃げてきたんだ」

「『夢の絆』に仕事を斡旋してもらったのか？」

なぜ知っているんだ……、と驚きを隠せない二人を見た斑目が、難しい顔で溜め息をついた。久住の表情も険しくなっており、坂下は懸念が懸念で終わりそうにないことを痛感する。

「現場にはどのくらいいた？」

「一週間だ。その間の給料は無駄にしちまった」

「ギャンブルは？　借金作ったか？」

斑目の問いに、二人は顔を見合わせてから首を横に振った。どうやら最悪のことにはなっていないようだ。早いうちに逃げ出してきたのが、よかったのだろう。

一週間はタダ働きさせられた結果となったが、もっと酷いことになっていたかもしれない。無事に逃げてこられただけでよかったと思うべきだ。

「どうもおかしいと思ってたんだよ。話が旨すぎる」

「ああ。俺も飛びついちまったけど、もう少し用心しとけばよかった」

「逃げ出せてよかったな。下手すりゃ指を持っていかれるところだったかもしれないぞ」

なんのことかわからずにいる二人に、坂下がつけ加えた。

「保険金狙いの事故です。わざと労災保険が下りるように、故意に指を切断する事件があったそうなんです」

その言葉に、男たちは急に青ざめた顔になり、震える声で言う。

「ふ、古株の一人が、作業中の事故で腕を切断した。俺のいた現場で……機械に、腕ぇ挟まれたって……血だらけで、運び出されるのを見た」

「え……」

「俺も見たぞ。他の奴に後で聞いた話が、手がぐちゃぐちゃにつぶれて、切断するしかなかったんだってよ。障害者認定みたいなのを受けて生活はできるらしいが、現場の仕事なんてもう無理だ。俺らみたいな人間は、躰動かす仕事しかできねぇってのに」

坂下は、声も出なかった。斑目から労災狙いの話は聞いていたが、今ほどリアルに感じたことはない。

これは夢でも作り話でもなく、現実なのだ。現実に、金のために腕を失った男がいる。そして、それは計画的に行われた犯罪なのだ。

「そいつは、借金抱えてたか?」

「ああ。現場で……仲間とギャンブルやって、いくらかデカい金を……」

「そいつはグルだ。借金背負わせるために送り込まれた刺客みたいなもんだ。……腕か」

斑目の言葉を聞きながら、湧き上がる怒りに奥歯を噛み締める。

酷い。

金のために腕を切断するなんて、人間のやることではない。

「頻繁に事故が起きれば怪しまれる。昔ほど簡単に保険が下りなくなってきてるからな。それなら、一回の事故で下りる保険料をデカくするしかない」

「死んだ奴がおらんといいんじゃがな」

「先生、大丈夫か?」

青ざめた顔をしていたのだろう。斑目に声をかけられ、坂下はしっかりしろと自分に言い聞かせた。

「ええ、もちろんです」

ここで感情的になってはいけない。冷静にならなければ、美濃島たちを追いつめることなどできないのだから。

「お前らは、しばらく身を隠せ。逃げ出してきたんなら、捜されてるかもしんねぇぞ」

「でも、もう手持ちがねぇんだ。だから、先生んとこ来たんだよ」

縋るような目で見られて、息を呑んだ。坂下もギリギリで診療所を運営している身だが、背に腹は代えられない。タバコや茶などの嗜好品《しこう》を我慢すればなんとかなるだろう。食費も切りつめようと思えば、もう少し削ることはできる。

「ちょっと待っててください。少しなら用立てできるかも……」

「おい」

二階に行こうと立ち上がるが、斑目に腕を取られて止められた。

「なんです？」

「無理するな。どうせ飯代切りつめようと思ってんだろうが」

図星をさされ、何も言えずに斑目を見下ろす。後先考えない坂下を責めるような目だ。己の無謀さはわかっているため、バツが悪い。

「ったく、先生の考えてることなんかすぐにわかるんだよ。お前らも、こんな貧乏医者に金の無心をするな。この鬼畜め」

斑目が二人の頭をはたき、呆れたように言う。

「ほら。座れよ、先生。銀行に少し持ってる。俺が貸してやるよ。いくらいる？」

「金ならわしも貸すぞ〜。年寄りを甘く見ちゃいかん」

久住が自慢げに、ひゃっひゃっひゃっと笑った。

そうと決まると、今晩は二人をここに泊めることにし、明日銀行が開くのを待ってから身を隠してもらうことにする。先に二人が二階に上がった後もすぐには解散せず、三人は診察室に残った。

「かなりやばいことになってきたな」

「ええ」

なんとかして『夢の絆』の実態を暴いて、公にしたかった。なんとか、美濃島を止めたかった。このままでは、いずれ多くの犠牲者を出す。

「もう、これ以上見過ごせません。『夢の絆』に乗り込むしかないと思うんです」

「乗り込むじゃと？」

「はい。美濃島さんがここに来たのを覚えてるでしょう？　俺がホームレスの人たちの健康状態を診て回っていることは、美濃島さんも知ってます。だから、こちらも堂々と『夢の絆』の施設に行きましょう。口実だとわかってても、美濃島さんは断れないはずです」

無謀だということはわかっていた。けれども、斑目も久住も坂下の考えに反対ではないようだ。生活保護費の搾取に加え、職業斡旋、さらには労災狙いの事故。

これ以上、黙って見ている理由はない。

「久住先生は危険です。ここで待っていてください」

「なんじゃ。わしだけ仲間外れか？　年寄りじゃと思うて、馬鹿にしおるな」

「そんな冗談言ってる場合じゃないでしょう」

本気で言うと、久住はつまらなそうな顔をしたが、さすがに斑目も連れていくつもりはないようで、坂下に同意する。

「ジジィは留守番を頼む。俺たちが戻ってこない時のために、ここに残ってもらったほうがいい」

久住は二人を交互に見てから、軽く溜め息をついてみせた。さすがに長生きしているだけあり、喰い下がるような真似はせずにあっさりと引き下がる。

「そうじゃな。ここは、若いもんに任せておくかのう」

その言葉に安堵したものの、『夢の絆』に乗り込むことにどれほどの危険が潜んでいるか、まったくわからない。

そう考えると、身が引き締まる思いがするのだった。

坂下たちが『夢の絆』の施設に出向いたのは、それから三日後のことだった。

急な申し出にもかかわらず、応対した美濃島は快くお願いすると言って坂下たちをすんなりと施設内に入れた。斑目と一緒に中を案内されながら、建物の奥へと入っていく。

「すみません、こんな差し出がましいことを……」

「いえ、健康管理は大事ですから。事前のチェックまでとなると、僕たちではなかなか手が回らないので、先生方に協力いただくのはとても助かります。なかなか自分からは病院に行こうとしない方も多くて」

「ええ。そうだと思って、少しでもお役に立てたらと」

にこやかに坂下たちを迎える美濃島の態度には、焦りなどはまったく見られなかった。多少、施設の中を見られたところで、自分たちのしていることを暴くことなどできないという自信だろうか。

『夢の絆』は、国の目を欺き、組織ぐるみで貧困ビジネスに手を染めてきたのだ。

斑目がいるとはいえ、そう簡単にはいかないだろう。

(でも、やらなきゃ)

坂下は、そう自分に言い聞かせていた。

なんでもいい。小さなものでもいいから手がかりを見つけて、そこから崩していく。それができなければ、美濃島たちは新しいカモを見つけては喰いものにしていくだけだ。

「ここが事務所です。いつもここにはスタッフがいまして、入居者の方たちのお世話をしております。就職支援のために相談相手になったり、一緒に職業安定所に行ったり、お手伝いの形はさまざまなんです」

「この施設には、普段は何人くらいのスタッフの方がいらっしゃるんです？」

「そうですね。十人前後は常にいるようにはしてます。それでも人手は足りなくて、いつもスタッフは走り回ってますけど」

「そうですか」

事務所の中には四人のスタッフがいた。よくある会社の事務所といった雰囲気で、事務机が並んでおり、来客用の応接セットもある。一番奥には金庫もあった。

また、ホワイトボードには予定表が書かれてあり、生活保護費の支給日が記入されているのが目につく。

ざっと中を見た後はエレベーターに乗り込んで、入居者たちの居住している場所へ向かった。

「三階から上が入居者たちの住んでいる部屋になります。何かわからないことがあれば、聞いてください。スタッフがついておりますから」

「どうぞお構いなく。スタッフの方もお忙しいでしょうから、自分たちで部屋を訪問しますので」

「いえ、こちらも勉強ですから。坂下先生はいつもこの街のホームレスの方たちの様子を見回っておられるんでしょう？　うちのスタッフには不慣れでなかなか入居者の方と上手く接することができない者もおりますので、よかったら先生のやり方を見せてやってください」

あくまでも一人にしないという姿勢だ。ぴったりとついてこられるとやり辛いが、ここは素直に従ったほうがいいだろう。

「そういうことなら……。俺なんか全然お手本にはならないと思いますけど」

「いえ、十分ですよ。それでは、僕は仕事がありますから」

美濃島はそう言い、スタッフを二人置いてエレベーターで下に下りていった。斑目と視線を合わせ、手分けして部屋の訪問を始める。

「こんにちは。坂下診療所から来た坂下です。既にお話は聞いていると思いますけど」

最初に訪問した部屋にいたのは、年老いた男性だった。髪の毛はほとんどが白髪でかなり痩《や》せている。立つのも辛いというように、ベッドに座ったまま、坂下を迎えた。

部屋の隅にあった椅子を持っていき、男性の前に座ると笑顔で問いかける。

「躰の調子はどうですか?」

「ああ、まぁ普通だよ」

「まずは血圧を測ってみましょうね」

坂下は優しく話しかけながら、血圧を測り、次に胸の音を聞いて健康状態を観察した。

「今朝の食事は何を摂られましたか?」

「弁当だ」

「お弁当ですか。いいですね。好きなおかずはあります? 俺は弁当には鮭《しやけ》がいいかなぁ」

「……腹が膨れれば、それでいい」

坂下の問いに対する反応は薄く、何を食べたのかもはっきり言わない。おそらく、いいものは食べさせてもらっていないのだろう。肺の音に雑音が混じっていることから、軽い喘息《ぜんそく》を患っているということがわかる。

「呼吸が苦しい時はないですか？」

聞きながら部屋に視線を巡らせてわかったのは、環境もよくないということだった。ゴミはあまり回収されないのか、ビニール袋に詰め込まれたゴミがゴミ箱の横にいくつも置かれてある。シーツもこまめに洗濯をしているようには見えず、枕カバーは薄汚れていた。テレビも冷蔵庫も設置されておらず、寝るためだけの場所という点では簡易宿泊所とそう変わらない。

「もう少し栄養のあるものを食べたほうがいいですね。食事については、後で俺からこちらのスタッフに相談しておきますから」

男の診察を終えると、坂下は診療所の電話番号を書いたメモを置いて部屋を出た。

それから一部屋一部屋訪問していったが、入居者の半分は痩せた老人ばかりで、まるで病室を訪ねているような感覚に陥る。何を聞いてもはっきりとは答えず、美濃島たちを恐れているという印象もあった。

余計なことを口走らないよう、口を噤んでいるという印象が拭えない。

また、逆にいくらでも働けそうな健康な男たちも多かった。四十代から五十代の働き盛りの男たちが、何もせずぶらぶらしている。ホームレス支援施設だというのに、どう見ても斑目たちと同じ日雇い労働者だ。

生活保護を受けなければ、生きていけないようには見えない。肉体的には、働くのに問題がないはずだ。それなのに、仕事を探そうとしているようでもなかった。そういった男たちは坂下の診察を受けようとはせず、遠巻きに見ているだけだ。

そして、フロアの半分を見終わった頃だろうか、坂下は見知った男と再会する。

「あ。こんにちは！　元気にしてました？」

診療所近くの公園で、ダンボールハウスを作って寝泊まりしていたホームレスだ。男も坂下のことをちゃんと覚えていたようで、ベッドから起き上がると嬉しそうに顔をほころばせる。

「先生。久し振りだな」

「急にいなくなったから、心配してました。ここでお世話になってたんですね」

「いやぁ、まぁな」

男は俯き加減で笑ってみせた。

やはり、健康状態はよくないようだった。路上生活をしていた時と、さほど体重は変わっていないようだし、何よりあの明るさが感じられない。自由に生活していた時とは違う、何か荒《すさ》んだ雰囲気があった。

「こちらに来てどうです？」

「まぁ、よくしてもらってるよ」

男は頭を掻いたが、そうは見えなかった。おそらく、部屋の出入口のところにいるスタッフの目を気にしているのだろう。ここの生活に満足しているというようなことばかり口にしている。

これでは、美濃島たちのビジネスの手がかりを摑むどころか、入居者たちから本当の話を聞き出すこともできない。

せっかく目の前にいるのに、何もできないことが歯痒くてならなかった。

「何か困ったことはありませんか？」

「ああ、特には……」

「何かあったら、連絡ください。外出は自由にできるんですよね？　直接診療所のほうに来てもらってもいいですから。話し相手が欲しいって時でもいいんです。ね？」

ぜひ来てくれと訴えるが、男は愛想笑いをするだけで来てくれそうにはなかった。監視の目が怖いのか。何か言いたそうにはしているが、なかなか本音を言えないでいる。

その時だった。

一階のほうから、何やら騒ぎが聞こえた。スタッフの男が何事かと廊下に出ていくと、怒号とともに激しく揉み合う音がして、呻《うめ》き声が聞こえる。殴られたのか、それとも刺されたのか、尋常ではない様子だ。

さらに、引きずるようにして連れていかれる様子も伝わってくる。

「ここで待っててください。危ないから部屋から出ないでくださいね」

老人にそう言ってから、坂下はすぐに廊下に飛び出した。すると、斑目が非常階段を使って上の階から下りてくる。

「何があったんです?」

「さぁな。誰かがここのスタッフを力ずくで連れていっちまった。騒ぎの元は一階だ。俺たちも行くぞ」

「はい」

非常階段を駆け下りて一階まで下りていった。すると、事務所のあるほうから男たちの怒号が聞こえる。慌てて駆けつけて中を覗くと、十人前後の屈強な男たちが鉄パイプのようなものを手に、事務所を荒らしていた。どうやらここの入居者のようだ。四十代半ばの男が中心となって暴れている。

呆然としていると、また別の男たちが続々とやってきて、ここのスタッフらしい男を数名引きずってきた。顔は血だらけで、暴力を受けたのは一目瞭然《りょうぜん》だ。その中には、美濃島もいる。美濃島は怯《おび》えている様子はないが、事務所の中央に連れていかれ、首謀者らしい男の前に跪《ひざまず》かされた。

他のスタッフは、廊下に跪かされて男たちに囲まれている。

「てめぇらのやり方には、もううんざりなんだよっ。俺らから取った金、返してもらうぞ」

美濃島の横の机に、鉄パイプが叩き落とされた。ものすごい音が響き、辺りはシンと静まり返る。やはりこの男が首謀者のようだ。

髪はほぼ坊主と言っていいくらい短く刈り込んでおり、いかにも肉体労働者といった体格をしている。そして、その仲間も似たようなタイプの男ばかりだった。

「いいか、ここは俺たちが占領した。これから俺たちの要求を呑んでもらうからな」

「おいそこ。外に出すなや！」

出入口は封鎖され、美濃島たちのポケットからは携帯が奪われた。外部と連絡が取れないよう、電話も叩き壊される。

これは、暴動だ。

暴動を企てた者たちは全部で二十人くらいはいるだろうか。事前に計画を練っていたらしく、連携が取れている。

「こんなことをしても、君たちの希望は……、——ぐ……っ！」

美濃島の顔面に蹴《け》りが入れられ、坂下は慌てて駆け寄った。美濃島の顔を覗くと、鼻から大量の血を流している。もしかしたら、鼻骨が折れているかもしれない。

「こんなことしちゃ駄目です。暴力に訴えても何も変わりません」

「こいつら相手に、そんなきれい事は通用しねぇんだよ。俺たちが黙って言うこと聞いてりゃ、調子に乗りやがって」

「あんたら、タイミング悪かったなぁ。巻き込むつもりはなかったんやが、運が悪かったと思うてくれ。おとなしくしてりゃ、危害は加えへん」

坂下は美濃島から引き剝がされ、部屋の隅へ連れていかれた。斑目は、ことの成り行きを見守るように黙ったまま様子を窺っている。

「斑目さん」

「今は奴らの言うことを聞くぞ。気が立ってるし、ここには大勢人質もいる。今動くのは得策じゃない」

「そうですね」

斑目の言う通りだと、おとなしく従うことにした。

そうしている間に、男たちは演説でもするように、ロビーに集めた入居者たちに訴え始める。

「なぁ、お前ら。本当にこのままでいいのか？　ここにいても、こいつらに金をむしり取られるだけじゃねぇか！　お前らも目を覚ませよ。ここで飼い殺しにされて、一生搾取されて暮らすのかっ、えっ？」

「部屋代、ベッド代、洗濯代っ、食事代っ、雑費っ、共用部分の維持管理費っ！　なんだこの項目はっ！　あんなしみったれた食事が月四万だと？　シーツは何日ごとに代えてもらってるっ？　そこのお前、風呂はいつ入った？」

「俺らは喰い物にされてるんだよっ、わかるか？　ただの金蔓だ。だから俺らは、俺らが手にすべき金を奪い返すんだ！」

ロビーは、ざわざわと騒がしくなった。近くにいる者同士で顔を見合わせ、その主張についてそれぞれ言葉を交わしている。

「そいつらの言う通りや。俺らから金取るだけ取って、なんもしてくれん。ここでの生活はクソ以下や」

「そうだそうだ。何が『夢の絆』だ！　旨いこと言いおって、最初に聞いたのと全然話が違う。インチキ野郎どもが！」

集まった他の男たちからも、この施設に対する不満の声があがり始めた。暴動に同調する者が一人、また一人と出てくる。

「俺の金も返してくれよ！」

「俺のもだ！」

「俺もっ、金っ、たんまり取られてる！」

集団であることが、マイナスに働いていた。この場の空気が、次第に危険な色を帯びていくのがわかる。興奮と怒りで、誰もが我を失い始めていた。年老いた者たちの中にも『夢の絆』への不満を声にする者もいたが、ほとんどがこの異様さに怯えてただ成り行きをじっと見守っている。

「まずは金庫を開けろ。俺たちから巻き上げた金が入ってるかもしれねぇぞ！」

老人たちは一ヵ所に集まるよう指示され、上の階へ連れていかれた。なす術もなくそれを見ていることしかできない坂下は、無意識に拳《こぶし》を握り締めていた。

（こんなことは、間違ってる）

届かないとわかっていても、坂下は心の中でそう訴えていた。

搾取され続けた男たちの怒りは、痛いほどわかる。鬱積したものが爆発するのも当然だ。しかし、こんなやり方をすれば、いずれ自分たちも罪を問われることになるだろう。

どうすれば、それをわかってもらえるのか。

興奮し、怒りを抑えきれなくなっている男たちを前に、坂下はただただ自分の無力さを感じるばかりだった。

何時間が経っただろう。

坂下たちは、美濃島たちとともに二階に移動していた。昔は結婚式など行われていたのだろう。大ホールはここの住人が全員集まっても十分入れる広さで、廊下も広く取られている。

一階にある建物の出入口は、机や椅子などが山積みにされてバリケードが張られているのが坂下の立っているホール前の廊下からも見えた。簡単に外には出られず、もちろん外から侵入するのも容易ではない。

何時間もこうしているからか、精神的な疲労が蓄積しており、これ以上持ちそうになかった。それは坂下だけでなく、暴動の首謀者たちも同じようで、疲れが次第に苛立ちへと変わっていくのが手に取るようにわかる。

それが狂気になるまでに、あとどのくらいだろうか。

「金はどこに隠した？　俺たちの金を返してもらうまで、ここからは出られねぇぞ」

「何を言ってる。君たちの金を奪った覚えはない。君たちから支払ってもらっているのは、正当な金額だ。ここを運営していかなければ、君たちだって国からの援助は受けられない」

「うるせぇ！　そうやって脅迫してりゃあ、俺たちが言うこと聞くと思ってんのか！」

「せや、こいつの言う通りや。俺らから毎月いくら奪っとるか、忘れたとは言わさへんからな！」

「だったらここを出ていけばいい。生活保護は受けられなくなるが、それで満足なんだろう？　また、元の生活に戻るだけだ」

「せやから出ていく前に、俺らの金取り戻すっちゅーてんねん」

何度交わされたかわからない会話が、また繰り返される。出口の見えないやりとりに、坂下も大きな疲労を感じずにはいられなかった。

これ以上続けても、意味はない。

特にホールに集められている老人たちの中には、具合が悪いと訴えている者もいるようだ。かといって、部屋に帰されることもなく、硬い床の上に座らされている。

「こんなことをしたって、何も解決しません。一度美濃島さんたちを解放して、ちゃんと話し合いましょう」

「医者、てめぇは黙ってろ」

「おいおい、先生にその言い方はねぇだろうが。お前ら、自分の敵が誰か見失ってんじゃねぇのか」

斑目がふざけた口調で言うと、一人の男が鉄パイプで自分の肩を叩きながら斑目と対峙《たいじ》した。一触即発の状態に、息を呑む。

「俺たちの気持ちがお前にはわかんねぇのか？」

「やり方を間違うなと言ってるんだ。もう、いい加減にここでやめにしねぇか」

「今やめるなら、最初からこんなことせぇへん。わいらの覚悟、わかってへんようやな」

もう一人、斑目を威嚇するように近づいていく。

その時、仲間の一人が慌てて駆けつけてきて耳打ちした。

「警察か？」

首謀者の男はすぐに窓のほうに駆け寄り、下を覗く。耳を澄ますと、外から複数の男の声が聞こえてきた。中に向かって何やら叫んでいるようだ。

「くそ、誰だあいつら」

「——おいっ、医者っ。勝手に動くんじゃねぇ！」

止められたが、坂下はそれを振り切り、窓に飛びついて下を覗いた。すると、外には街の連中が集まっている。久住もだ。

帰ってこない坂下を心配して、久住が皆に声をかけてくれたのだ。まだ警察は来ていないようだが、中の状況如何《いかん》ではすぐに呼んでくれるだろう。

「もう終わりです。俺たちが帰ってこないので心配して見に来たんです。これ以上ここにいても、警察を呼ばれるだけです」

「なんだと？」

「俺たちは、『夢の絆』の不正を探りに来たんですよ。ここでの搾取については、俺たちも気づいてました。だから、なんとか手がかりを摑めないかと思って……それで、もし夕方までに帰らない時は様子を見に来てくれって」

「──くそ……っ！」

男が悔しそうに壁を蹴った。しかし、もう潮時だと気づいている。これ以上ここで粘っても、問題は解決しないとわかっているのだ。

首謀者たちはお互い顔を見合わせながら、仲間の意思を確認している。

「それを渡せ」

武器に手を伸ばす斑目を睨みながらも、抵抗しようとはしなかった。坂下も、美濃島も、そして他の男たちも、息を呑んでその様子を見守っている。

しかし、斑目の手が男の持っている武器に触れようとした時だった。

「──うわぁぁぁあああ！」

急に一階の事務所のほうから、奇声が聞こえてくる。同時に銃声が数発、ロビーに響き、数人の男が呻き声をあげながら床に倒れた。

(何……っ?)

弾《はじ》かれたようにそちらを見ると、若い男性スタッフがロビーを走って横切るのが見える。その手に握られているのは、紛れもなく拳銃《けんじゅう》だった。事務所のどこかに隠していたのだろう。無我夢中で銃を握った右手を前に突き出して、階段を上ってくる。

滅茶苦茶《めちゃくちゃ》だ。こんなことをすれば、状況は悪化するだけだというのに、正気を失っている。あと少しで首謀者を説得できるところだったのに、これでは元の木阿弥だ。

「うらぁ！　何さらしとるんじゃあ！」

階段の上にいた男たちが、鉄パイプを振りかざして応戦しようとした。だが、乾いた音がしたかと思うと、数人が肩を押さえながら躰をのけ反らせて床に倒れ込む。

誰もが後退《あとずさ》りし、半ばパニック状態だ。銃を持った青年は、坂下がいるほうに一直線に歩いてくる。

「先生っ！」

斑目が飛びついてきたかと思うと、次の瞬間、坂下は床に倒れていた。顔を上げると、壁に着弾している。あのまま棒立ちになっていたら、撃たれていただろう。

まだ危険は去っていないと身構えるが、それまでだった。弾切れを起こした瞬間、形勢は逆転する。

「うぁあああーーーーーっ、放せっ、……放せぇっ！」

屈強な男たちが次々と襲いかかり、青年の姿は人だかりの向こうに消えた。

「やめてください！」

何人もの男たちが、寄ってたかって殴る蹴るの暴行を加えている。慌てて止めようとしたが、いとも簡単に突き飛ばされて壁に躰を打ちつけられた。

その時、倒れている美濃島の姿が目に入る。

シャツが血で染まっていた。流れ弾が当たったようで、苦しそうに息をしている。階段から下を見ると、他にも肩や脚を撃たれた者がうずくまっていた。ケガ人はざっと数えて十人くらいはいるだろうか。

坂下は美濃島に駆け寄り、シャツをたくし上げて銃弾を受けた傷を確認した。傷は腹の左側にあり、弾が貫通した形跡はない。腹のどこかで止まっているはずだ。

「斑目さんっ！」

美濃島の状態を伝えると、斑目はすぐさま駆け寄ろうとするが、三人の男たちに捕まり壁に押さえつけられる。

「てめぇら、いい加減にしろ！　――ぐ……っ」

首謀者の男が、そのこめかみに鉄パイプを押し当てて低く唸るように脅す。

「黙ってろ。頭ぁ、叩きつぶすぞ」

「できるんならやってみろ。お前、人を殺す覚悟はできてんのか？」

男がぐっと息を呑んだのがわかった。斑目に威嚇なんてしたのが間違いだ。けれども、さすがに素直に鉄パイプを下ろすような真似はしない。

「はっ。お前も俺らと同じ日雇いじゃねぇか。どうしてこいつらの肩を持つ？」

「お前らと同じにするな。俺は生活保護なんか貰ったことは一度もねぇぞ。働けるのに国を騙して金を貰ってるんだろうが」

「……てめぇ」

「確かにお前らは美濃島に搾取されたんだろうがな、暴動なんて起こせる体力があって、どうして生活保護なんか貰ってる？　恥ずかしくねぇのか？」

「偉そうに！　汗水垂らして働いても、一晩数百円の宿にしか泊まれねぇ時もあるんだ。どんだけ働いても、惨めな生活から抜けられない。それなら、生活保護を貰ったほうがいいじゃねぇか」

「言い訳だな」

坂下は、生きた心地がしなかった。これ以上刺激すれば、男は本当に頭に鉄パイプを叩き込むかもしれない。さすがに三人がかりで壁に押さえつけられていては、よけようがないだろう。体格から見ても、力ずくでどうにかなる相手ではない。

それでも、斑目はやめようとはしなかった。

「恥ずかしくないかと聞いてるんだよ。歳取って働けなくなったじーさんたちを見てみろ。お前はあのじーさんたちと同じなのか？　足腰弱って働けねぇのか？　病気でも患ってんのか？　え？」

「……いい加減に、その口を閉じやがれ」

怒りを噛み締めるように言ったのは、痛いところを突かれたからだろう。美濃島たちのしていることは許されるべきではないが、その口車に乗ってしまった男たちにも非はある。

「お前、どこの宿にいた？　そういえば、美濃島の誘いに乗らずにいまだに一晩数百円のお

前が言うクソみてぇな宿に寝泊まりしてる奴と話したぞ」

「だからなんだ！」

「そいつはな、あんなところ行ったってどうせロクなことになんねぇと言ってたぞ。美濃島の甘い言葉に騙されてすっかり堕ちちまって、馬鹿な野郎だともな」

「そんな奴の言うことがなんだってんだ！」

一度は武器を手放そうとしたものの、美濃島の仲間が銃を持ち出したせいか素直に耳を傾けようとはしなかった。自分の非はわかっているはずだというのに、認めようとはしない。そうしている間にも、美濃島の顔色はどんどん悪くなっていった。このままでは、手遅れになりかねない。

「ぐふ……っ、……っ」

「美濃島さん、しっかりしてください。気をしっかり持って！　――斑目さんっ！」

美濃島の状態があまりよくないと訴えると、斑目は美濃島を一瞥《いちべつ》してから静かに言う。

「病院に連れていかねぇと、そいつは死ぬぞ」

「駄目だ。外に出すわけにはいかねぇ」

「見殺しにする気か？」

「死ねばいいんだ。こんな奴、死んで当然なんだよ」

口々にそう言う男たちを見て、坂下は集団心理の怖さを目の当たりにした気がした。誰もが自分の正義を貫くためには、何をやってもいいという錯覚に陥り始めている。

「――死んで当然の人なんていません！」

坂下の言葉に苛立ちを抑えられなくなったのか、男は近づいてきて拳を振り上げた。殴られるとわかっていたが、不思議と怖くはなく、目の前に立ちはだかる男を睨み上げる。

「お前は黙ってろ！」

「――ぐ……っ！」

途端に、口の中に血の味が広がった。

「先生っ！」

斑目が止めようとするが、三人の男にもう一度取り押さえられる。

「銃声は外に聞こえてるはずです。きっと警察が来てここはすぐに包囲されます。そうなる前に、救急車を呼んで美濃島さんを病院に運びましょう」

「駄目だ。そいつだけは許せねぇ！　それに銃を持ち出したのは、そいつの仲間だ！　俺には関係ねぇ」

「だったら、なおさら出ていけるじゃないですか。警察の手に委ねたほうが……」

「警察なんて信用できるか！　どうせ俺たちのせいにされる。こいつらの団体だって、国に認めてもらってるんだ。今までだってそうだったんだよ！　悪いのはいつも俺たちだ。どうせ俺たちが悪人にされるんだ！　病院になんか運べるか！」

何を言っても通じなかった。冷静に物事を考えられる状態ではない。

だが、男がそう言いたくなるのもわかる気はした。これまで虐げられてきた者の訴えは、坂下も経験したことのあるものだったからだ。

かつて街にいた小川《おがわ》という男が坂下に会いに来た時、道端で複数の男に襲われて大ケガを負ったことがある。坂下が夕飯に誘った帰りだ。はじめは、路上強盗《マグロ》の仕業だと思っていたが、後日坂下も襲われ、犯人は十七、八の少年だったと判明した。

駆けつけた母親の態度は、今も覚えている。

街の人間を人生の落伍者だと言い、悪いのは街の人間だと言いたげな態度だった。そして警察もまた、同じだった。

結局、少年がきちんと罪に問われたのかわからないまま、事件はうやむやにされたのである。

「外に出さないつもりなんだったら、ここで手術をやるぞ」

「……っ！」

坂下は、斑目を見上げた。三人がかりで壁に押さえつけられたまま、覚悟をしたように言う斑目に本気なのかと驚きの目を向けずにいられない。

「でも斑目さん、道具は何も……」

「ごちゃごちゃ言ってる暇はねぇぞ。そいつが死んだら、もっと悪いことになる」

確かに斑目の言う通りだ。もし、美濃島を死なせてしまったら、この男たちは本当にどん底に堕ちてしまう。

たとえそれが美濃島の仲間が持ち出した銃によるものでも、そして美濃島の仲間がその引き金を引いたとしても、変わらない。

さらに、この街全体が非難の対象になる可能性も十二分にある。これ以上押し問答をするより、まずは美濃島や他のケガ人の治療だ。

「わかりました。ここでやります。道具はどうしますか？」

「ここにも道具はある。代用できるものを探すぞ」

「それしかないですね」

本当にそんなことができるのかわからなかったが、考えている暇はなかった。弾を取り除き、傷を塞ぐ。

ただそのことだけを考えて、坂下は無謀な手術に向けて準備を始めた。


外には、いつの間にか警察車両や救急車が集まっていた。野次馬《やじうま》やマスコミも集まり始めており、騒然としている。規制線が張られたロープの向こうには、久住や診療所の常連たちもいた。建物の中に向かってしきりに叫んでいるのがわかる。

外の騒がしさとは裏腹に、建物の中は静まり返っていた。廊下にはベッドが持ち出され、ケガ人が寝かされている。ケガ人の呻き声が時折聞こえるだけで、誰もが坂下と斑目のことを黙って見守っていた。

「ケガ人は一ヵ所に集めたか？」

「はい。これで全員です」

美濃島以外に流れ弾の被害に遭った者は、八人だ。美濃島は腹だったが、他の者は腕や脚、肩に被弾している。鎖骨を骨折している者もいたが、大きな血管を損傷している者はいない。

銃を持ち出して袋叩きに遭った青年は、苦しそうに呻き声をあげているが、内臓は無事のようで意識ははっきりしている。

「これで道具は全部だな」

集めたものをテーブルの上に並べ、確認した。

坂下が持ってきた血圧計や聴診器などの他に、包帯やガーゼ、消毒薬。どこの家庭にも置いてあるもの程度しかない。ピンセットがあったのは、幸運だ。煮沸消毒すれば、十分に使える。吻合用の針と糸は、裁縫用の針と倉庫にあった釣り糸で代用することにした。

針をペンチで曲げて吻合用のものと同じ形にし、釣り糸は強度が十分にあるか確認してこちらも煮沸消毒した。

道具の確認をすると、アルコールで手を消毒してからベッドに寝かせた美濃島を挟んで立つ。

「おい、どうしてそいつを先に治療するんだ！　俺たちの仲間も撃たれてるんだぞ！」

「そうだ！　こっちを先にしろ！」

首謀者たちが、気色ばんで坂下たちに喰ってかかった。そう言いたくなるのもわかるが、この状況下でもやり方を変えるつもりはない。

「誰を先に治療するかは、ケガの状態で決めます」

「俺の仲間を見捨てる気か？」

「残念ながら、手術できる人間の数は限られてるんだよ。こんなことになったのはな、てめえが暴動なんか起こしたせいでもあるんだ。仲間助けたけりゃ、さっさと投降するんだな」

「そ、そんなことできるか！」

「だったら黙って協力しろ」

斑目の静かな一蹴《いっしゅう》に、誰も何も言わなくなった。人間の命と対峙した斑目の姿が、男たちを圧倒したのかもしれない。美濃島の手足を押さえるよう命令されても、反論はせずに黙って従った。

「先生、始めるぞ」

「はい」

坂下たちが手術を始めようとすると、それまで目を閉じたまま苦しげに息をしていた美濃島が、うっすらと瞼を開く。

「ど……して、……僕を……助けるんだ？」

苦しそうに顔を歪めながらも、なんとか言葉を吐いた。まだ意識ははっきりしている。

「医者だからです」

自然にその言葉が口をついて出た。

「医者ですから、相手が誰であっても助ける努力をするんです」

言いながら、斑目もまた自分と同じ気持ちなのだと感じた。斑目は、ただ目の前の患者を救うためにここに立っている。

「償い、か……？　僕に、恩を売って……のことを……」

「こんなことで恩を売れるなんて思ってねぇよ。もう黙ってろ」

静かに、だがもう一言もしゃべらせないという意思を感じる言葉だった。

「弾を取り出すぞ」

「はい」

溢れてくる血をタオルで拭いながら、ピンセットを傷口に差し込んでいく。

「――ぐぁあ……っ」

美濃島は、躰をのけ反らせながら呻き声をあげた。脂汗を滲ませ、苦悶《くもん》の表情を見せる美濃島を見て、やはりこんなところで代用品を使って治療をするなど無理なのかもしれないという思いが脳裏をよぎった。

それでも、今はやるしかない。

「もっと強く押さえてろ！」

斑目の言葉に、男たちは圧倒されながらも体重をのせて美濃島の手足を押さえ込んだ。

「ぐぁあっ、……っ、——ぐぁぁぁああ……っ！」

弾が出てきた。しかし、小さな欠片《かけら》が一つだけだ。よく見ると、着弾の衝撃でつぶれたのではなく、砕けているように見える。斑目と視線を合わせると、坂下の予想通りの言葉が返ってくる。

「階段を駆け上がりながら撃ったんだ。弾は下から入ってる。多分、肋骨に当たって跳ね返って砕けたんだろう」

「じゃあ……」

「ああ、見た目以上に出血は酷いはずだ。躰の奥で大量に出血している可能性がある。よく意識を保ってたな。ここでは無理だ。病院に運ぶ必要がある」

中の状態がどうなっているかわからないため、吻合してしまうのも憚《はばか》られた。とりあえず傷口を手で押さえ、できるだけ出血させないようにする。

「もうそいつの治療は終わったのか?」

「いいえ。さすがにこのケガをここで治療するのは無理です。先に美濃島さんを外に運んでください」

「なんだと?」

「まだ躰の中に弾が残ってるんです! このままでは危険なんですよ!」

「次は俺らの仲間を治療するはずだ!」

「おい医者ぁ! 最初からそのつもりだったと違うんか? えっ?」

「そんなこと……っ」

「――先生、こいつらに言っても無駄だ」

斑目に止められ、我に返った。ここで押し問答するよりも、全員の治療を済ませたほうがいいと視線で諭され、斑目に従うことにする。

「わかりました。治療を続けますから、美濃島さんの傷口を誰か押さえておいてください。タオルは血を吸って余計出血しますから、服の上から手で押さえておいてください」

美濃島の側を離れると、坂下は斑目とともに他のケガ人の治療に取りかかった。幸い、美濃島以外のケガ人は、すぐに命を落とすような大ケガではない。

次に取りかかったのは、鎖骨の辺りに被弾した男だ。弾が鎖骨に当たって骨折していたが、弾は砕けず潰れた状態のまま浅い場所で止まっている。ピンセットで無理やり弾を取り出し、即席の針と間に合わせの糸で吻合をしてから肩を動かないよう固定した。

これほど強引なやり方で、ケガ人の治療をしたことなど一度もない。

だが、斑目の手つきは美しく、そして速かった。あり合わせの道具とは思えない手つきで、次々と応急処置をしていく。

麻酔がないため、誰もが苦悶の声を漏らし、脂汗を滲ませた。拷問でもしているような気分で傷を縫っていくのは、慣れない坂下にとって精神的にかなりの負担だ。

全員の治療が終わるまで一時間くらいだったが、すべて終わる頃にはどっと疲れがのしかかっている。

しかも、暴動はまだ収まっていない。

限界だった。

「もういいでしょう。美濃島さんを運び出してください。病院で治療を……」

「どうするかは、俺らで決める」

「こんなことしても、無駄です。救急車はそこに待機してるんですよ？　ここも警察に包囲されてるんです。もう、こんなことはやめてください」

「うるせぇ！　こっちにはたんまり人質がいるんだ！」

「せや。ここで出ていったら、俺らが立て籠もった意味がなくなる！」

再び、男たちが殺気立っていくのがわかった。そして、その怒りは坂下へと向かいつつある。これ以上何か言えば、無事でいられないかもしれない。

（どうすれば……）

途方に暮れ、この状況をどう打破したらいいかを考える気力すら失っていく。

だが、その時だった。

「てめぇら、恥ずかしくねぇのか？」

斑目が、低く唸るように言った。暴徒たちを見渡して、挑むような視線を送る。

「この街にいたんなら、坂下診療所の貧乏医者のことを知ってる奴もいるだろうが」

斑目の言葉に、反応した男が数人いた。その男たちは互いに視線を合わせ、斑目の言葉に眉をひそめる。その心に感じているのは、罪の意識だろう。

「この先生はな、街の労働者やホームレスたちのために、身を削って働いてきたんだ。特別診療なんて無謀なことまでやって、自分の生活を犠牲にして、街のために尽くしてきたんだぞ。そんな医者をお前らは傷つけるってのか？」

「何偉そうに……。俺たちには関係ねぇ。なぁ、お前らそうだろう？」

その言葉に同意したのは、半分だけだった。男がなぜ躊躇するのだという顔をしていると、今度は別のところから声があがる。

「そ、そうだ。その先生は……いつも、俺たちの味方だった」

恐る恐る出てきたのは、坂下がよく声をかけていたホームレスだった。今までホールの中に押しやられていたが、人をかき分けて前に出てくる。

「その先生に、手を出したら……バチが当たる」

覚えている。年老いて働き口も見つけられず、ずっと路上で生活していた男だ。生活保護を受け取る資格は十分にあったが、なんとか自分の力で生きていこうとしていた。

この施設に来てから、少しは今までよりマシな生活ができると思っただろう。だが、現実は生活保護費の搾取だ。悔しい思いをしたに違いない。それでも、美濃島たちを責めるより、坂下を庇おうというのだ。

その気持ちが、胸に突き刺さる。

「俺も、その先生に世話になったことがある。金がなくて……でも、治療してくれた。ある時払いでいいって」

まだ比較的若い男が、声をあげた。坂下は顔を覚えていなかったが、青年のほうは坂下への恩を忘れていなかったようだ。

「わしも知っとるぞ。よく公園で見かけた。わしらホームレスに声かけて回っとった」

別の老人がまた声をあげる。

名前すら知らない。言葉を交わしたこともない。顔も覚えていない者すらも、坂下がこの街で何をしてきたのか、ちゃんと知っていた。坂下がしてきたことを、遠くから見ていたのだ。

人づき合いが下手で、だからこそ世間から弾き出されて路上生活をしている者たちですら、声をあげてくれる。

「そうだ。人として、恥ずかしくないことをせにゃ。こんないい人を閉じ込めて、こんなところにいていいわけがない」

ホームレスたちを中心に坂下に味方をしようという者が出てきて、暴徒たちは何も言えずに老人たちを見ていた。

さすがに年寄りに暴力を振るうほど、堕ちてはいないらしい。

「どうする？　ここでまだ粘るか？」

斑目の問いかけに答える者はおらず、迷いがあるのがわかった。坂下も即座に説得にかかる。

「ここでの騒ぎは、警察も無視できないはずです。もう、これ以上やめましょう」

窓の外から、警察が中に呼びかけている声が聞こえた。さらに、街の人間の声も聞こえてくる。

『こらぁ、先生を返せぇ！』

『いい加減に出てこんかい！』

診療所の常連だ。建物の中に向かってしきりに叫んでいる。その声を聞いていると、胸がいっぱいになった。極度の緊張の中で気が張っているが、いつも診療所に入り浸っている連中の声が、まるで坂下にがんばれと言っているように聞こえてくるのだ。

がんばれ。

自分たちがついている、と……。

目頭が熱くなり、もう一度気力を取り戻した坂下は、自分は引き下がらないとばかりに暴徒たちを睨む。

その時だった。

非常階段のほうから、ものすごい音とともに機動隊が突入してきた。途端に、首謀者たちがちりぢりになって逃げ出し、辺りは騒然となる。

「逃げろ！　裏口だ！」

「こっちに逃げろ！」

逃げる男たちがぶつかってきて、坂下は波に呑まれるようにいとも簡単に階段のほうへ押しやられた。踏ん張ろうとしたが、運悪く足を踏み外してバランスを崩す。

「——先生っ」

「く……っ」

斑目が飛びついてきて、坂下は反射的に目を閉じ、身を固くした。そのままの状態で、二人は階段を転がり落ちていく。途中で止まったが、階段の角に膝や肘をしたたかに打ちつけていた。

「痛ぅ……っ」

「大丈夫か、先生」

「……斑目さん」

顔を上げると、無精髭を生やした斑目の顔が間近にある。苦笑する斑目のその表情から、坂下以上の打撲を負っているとわかった。

斑目が抱きつくようにして一緒に落ちたため、クッションの役目を果たしてくれたのだ。斑目が庇ってくれなければ、もっと酷いことになっていただろう。

「だ、大丈夫ですか」

斑目のケガの状態を診ようとしたが、そんな状況ではなかった。あちらこちらで、暴徒と機動隊員たちが揉み合いになっている。

どこに逃げても、機動隊員たちが待機しており逃げ場などなかった。

いつから、そしてどこから中の様子を窺っていたのだろう。機動隊員たちは、間違えることなく的確に暴徒だけを取り押さえていく。圧倒されていると、機動隊員の一人が近づいてきた。

「途中からですが、専用の小型カメラで二階の窓から中の様子をモニターしてました。ケガ人を運び出します。詳しい状況の説明を」

「あ、あの……」

「そいつから運んでくれ。弾の破片がまだ躰の中に残ってる。他の連中は間に合わせの道具で処置をしてある。消毒はしてあるが、経過によっては治療し直す必要がある奴が出てくるかもしれん」

坂下の代わりに斑目が的確に状況を説明し、どのケガ人から運び出すのか指示を出す。坂下は、美濃島が担架に乗せられて運び出されるのを見送った。他のケガ人も次々と建物の外へと連れていかれる。

そして、機動隊員に取り押さえられた男たちが連れていかれるのを見て、思わずそちらに向かって歩いていき、叫ぶように呼びかけた。

「『夢の絆』の不正は暴かれるはずです！　必ず、美濃島さんたちのしたことは明るみに出ます！」

さらに駆け寄ろうとして機動隊員に止められるが、もう一度言う。

「あなたたちのしたことは間違いです！　でも、『夢の絆』の不正はきっと暴かれます！」

暴徒の一人が、外に連れ出されながらも坂下のことをじっと見ていた。その目は、期待などしないというふうにも取れるし、坂下の言葉が本当なのか見ているぞという警告にも取れた。

「……先生」

暴徒の最後の一人が連れていかれるまで、坂下はなんともいえない気持ちで見送っていた。

暴動は無事、沈静した。

美濃島はあれからすぐに病院に運ばれ、手術を受けて一命を取りとめた。撃たれた他の男たちも適切な治療を受けて快方に向かっていると聞いている。

暴動の件は、立て籠もり事件として全国的なニュースとなった。マスコミが押し寄せ、テレビ中継もされていたらしい。報道がされるたびに、『夢の絆』に対する世間の批判は日増しに大きくなっている。

坂下たちは何度も警察に呼ばれ、事情聴取を受けた。いずれ、『夢の絆』には捜査の手が入るだろう。年々増えていく社会保障費や生活保護制度についての議論も盛んに行われている現状を考えると、これだけの騒ぎになった事件を世論が見過ごすとも思えなかった。国も重い腰を上げるに違いない。職業斡旋についても、『夢の絆』に捜査のメスが入れば暴かれると信じている。

暴動の首謀者とその仲間の処置はまだ決まっていないが、ホームレスたちは街に戻ってきて元どおりの生活を始めていた。ようやく平和な日常が戻ってきたという感じがする。

その日、坂下は斑目とともに美濃島の病室を訪れていた。警察の許可を得られたのはわずか五分だったが、会わないままでいるよりいい。ドアの外にいる警察官に頭を下げると、病室に入っていった。美濃島は、ベッドに横になっている。

「特別に面会を許してもらいました」

美濃島は点滴をしている最中で、坂下の言葉にはほとんど反応しない。言葉すら交わしたくないのかと思うが、美濃島は窓の外に目を向けたまま、ボソリと言う。

「どうして、僕を……助けたんです？」

それはおそらく、斑目に向けられたものだろう。斑目を見ると、何も言わず美濃島に視線を注いでいる。自分の問いに対する返事がないからか、イラついたように美濃島が二人のいるほうに顔を向けた。

その目にあるのは、やはり憎しみだ。

「この程度で、あなたを許そうとは思わない。恩を売ったつもりだろうけど、僕はそんなことには誤魔化されない」

「そんなこたぁわかってるよ。治療をする前にも言っただろうが」

斑目は、軽く鼻で嗤った。それが気に喰わなかったのか、美濃島は身を起こして斑目を下から睨み上げた。まだケガが痛むのか、渾身《こんしん》の力を振り絞るような顔つきに、美濃島が抱えている憎しみの深さを改めて思い知らされた。

「俺を恨みたいなら、いくらでも恨め。だがな、お前が犯罪に手を染めても、俺は悲しんだり傷ついたりしねぇぞ。お前がどうなっても、俺には関係ねぇ。お前が堕ちていくのを見たくないのが誰なのか、ちゃんと考えるんだな」

「──っく」

美濃島は悔しそうな顔をしたが、斑目は本当にそう思ってはいない。けれども、斑目は恨まれることで美濃島の心の均衡を保とうとしている。

「出ていけ！」

美濃島が投げつけた枕は、斑目の胸に当たって床に落ちた。それを拾うと、警察官が入ってきて面会は終わりだと告げられる。帰るしかなく、坂下は枕を美濃島のベッドに置き、これだけは聞いてくれとばかりに、小さな、だがしっかりとした声で言う。

「斑目さんは以前、美濃島さんは弟さん思いのお兄さんだったって言ってました」

美濃島がハッとした顔をした。坂下は目を合わせたまま、弟が大好きだった頃の自分を思い出してくれと視線で訴えた。

「じゃあ、お大事に」

そう言って頭を下げると、ドアのところで待っている斑目のところへ行き病室を後にする。

無言で歩き、建物の外に出ると、無意識に溜め息を漏らした。そして振り返って病院の建物を見上げる。

美濃島は、最後まで斑目を許すとは言わなかった。簡単に和解できるとは思っていなかったし、斑目も許して欲しいと思って病室に行ったわけではないとわかっているが、やはりそれを目の当たりにすると苦しいものがある。

それから坂下たちは、バスに乗って駅まで行き、電車に揺られて街まで戻った。道すがらほとんど会話は交わさず、ただ斑目と肩を並べてその気配を感じる。何をどう思い、どう感じているのか、坂下なりに想像したりもした。

診療所に戻る頃には、すっかり日も落ちていて辺りは暗くなっている。

「斑目さん。お茶でも飲んでいきます？」

診療所の前まで来ると、坂下は斑目を誘った。

「めずらしいな。先生からお誘いか」

「お茶だけですよ」

口許を緩め、斑目がついてくるのか確認もせず中に入る。誘ったのは、このまま一人にしたくなかったからだ。簡易宿泊所の味気のないベッドに一人横たわって美濃島のことを考えるのかもしれないと思うと、誘わずにはいられなかった。

味気がないのは坂下の部屋も同じだが、せめて側にいたい。

斑目が二階に上がってくると、茶を淹れてちゃぶ台の上に置き、向かい合って座る。

「朝晩は随分冷えるようになりましたね」

湯気の上がっている茶の表面を吹いて冷まし、口をつけた。安い玄米茶だが、こうして部屋で茶を飲めるだけでもありがたいのだと感じる。

「なぁ、先生」

「はい」

「惚れ直したよ」

「え……？」

斑目を見ると、口許に笑みを浮かべながら湯呑みを口に運んでいるところだった。一口啜り、それをちゃぶ台の上に戻すと、坂下を見てニヤリと笑う。惚れ直したと言われたが、その仕種には滴る蜜《みつ》のような男の色香を感じ、坂下のほうが惚れ直しそうだ。

ほんのりと頰が熱くなる。

「なんですか、急に」

「美濃島を助けた時のことだよ。あいつにどうして助けるんだと聞かれて、『医者だから』と言っただろうが。なんの迷いもなくそう言った先生は、男前だったよ」

坂下は、あの時の気持ちを思い出した。

美濃島がどんな人間であっても、治療をするかどうかの判断の材料にはならない。

人を裁くのは法であって、人ではないのだ。美濃島を放置することは、医師の倫理に反している。

そして、その気持ちは斑目も同じだっただろう。

「あの場で美濃島を先に治療するのは、怖くなかったのか？」

「いえ、必死だったから。それに、斑目さんだって、手を貸してくれたじゃないですか」

坂下は、あの時の斑目を思い出していた。感じたのは、斑目もまた『医師』であったということだ。なんの迷いもなく、美濃島の治療を始めた。あれは、彼の弟に嘘をついたことへの償いではなく、純粋に目の前のケガ人を放っておけない気持ちの表れだ。

「斑目さんだって……」

「それだけじゃない。ずっと俺を気遣ってるだろうが。今日部屋に誘ったのも、俺を一人にしないためだろう？」

やはり見透かされていたのかと思い、どういう顔をしていいのかわからなくなる。

斑目には敵《かな》わない。

「いいんだよ、先生。もう俺は大丈夫だ」

「斑目さん……」

「先生が一緒に抱えてくれるんなら、ずっと背負っていける」

口許を緩める斑目に、坂下は言葉も出なかった。

そう心に誓ったのは、確かだ。

これから先、斑目は美濃島の弟のことをずっと抱えていくとわかったあの時——斑目が少年に嘘をついたことを絶対に忘れないし、過去を消しもしない、自分を許すつもりもないとわかったあの時、坂下は心に決めたのだ。

斑目が自分を許さないのなら、その傷を一緒に抱えていけばいい。そうすることで、斑目の今をすべて受け入れるつもりだった。

仕方なかったなんて言葉は、もう二度と言わないと心に誓った。

言葉にはしなかったが、坂下の決意が斑目にはわかっていたというのか——。

「俺は自分のしたことを忘れるつもりはない。だが、一緒に抱えてくれる先生がいるなら、俺は過去から目を背けずにいられる」

見つめられ、目を逸らせなくなる。斑目が近づいてきても、坂下はぼんやりとその姿を目に映しているだけだった。滴るような男の色香に、思考が停止している。

すぐ目の前で跪く斑目を眺めながら思うのは、なんて美しい獣だろうということだ。

「ん……」

唇を重ねられ、素直に目を閉じた。誘うように軽くついばまれ、自然と唇を開いてその求めに応じる。舌先が口内に入ってくると、舌を搦《から》め捕《と》られてより深い酩酊《めいてい》へと誘《いざな》われた。

「んぁ……、……っ、……ぅん……っ」

口づけに酔わされていき、次第に鼻にかかった甘い声が漏れ始める。息があがり、呼吸が途切れ途切れになっていくのをどうすることもできない。

「……ん、……ぅん……、……んんっ、……はぁ……、……ぁ……ん、――ぁ……っ！」

下唇を甘噛みされ、躰がびくんと跳ねた。ゆっくりとのしかかられ、ようやく我に返る。

「ちょっと……、待……っ」

厚い胸板を押し返すが、やんわりと躰全体で押さえ込むように抵抗の手を封じられてしまった。

「……あの……もうすぐ、……久住、先生が……」

「大丈夫だよ。今日はジジィの帰りは遅い」

「どうして、そんなこと……わかるん……、――っ！」

悪戯っぽい目をする斑目を見て、すぐに察した。策略家の顔だ。斑目相手に迂闊だったと思うが、こうなってしまってはもう遅い。

「今日は遅く帰ってくるように言っといたぞ。先生から誘ってくれたのは、想定外だったけどな」

「ぁ……っ」

耳許に唇を寄せられ、甘く囁かれるとぞくぞくとしたものが背中を這い上がっていった。何度も味わわされた感覚だ。何度もこんなふうに誘われ、理性の手が届かぬところへ連れていかれた。

今も、理性を手放してしまいそうだ。

「愛してるよ、先生」

シャツの上から脇腹《わきばら》に触れられ、ゆっくりとたくし上げられる。これからされることに躰が期待し、より感度がよくなっているようだ。それでもなんとか理性をかき集めようとするが、悪足掻《あが》きでしかない。

「先生のおかげだ」

「！」

「俺がこうしていられるのは、先生のおかげだ」

「……斑目、さ……」

「俺が、過去を直視できるのは、先生のおかげなんだよ」

その言葉に、胸が締めつけられる思いがした。

これまで斑目に支えられてきたが、自分の存在が斑目を支えられるのかと思うと、嬉しくてならない。一方的に寄りかかるだけの存在でいたくないと思っている坂下にとって、斑目の言葉は互いに支え合っていると言われているのと同じだった。

「愛してるよ、先生」

注がれる熱い視線に、坂下は観念した。

もう、駄目だ。自分を抑えることなどできない。

「斑目さ……、俺も……」

そう訴えると坂下は斑目の求めに応じ、その逞しい背中に腕を回した。


熱かった。

吐息も触れ合う肌も、すべてが熱かった。

布団を敷く余裕すらなく、畳の上に仰向けになった坂下は斑目から浴びせられるキスの雨に狂わされていた。

額に、こめかみに、頬に、そして首筋に。

ただ触れるだけのものから、戯《たわむ》れるようについばむものまで、斑目は自分の気持ちを行動で示すかのように、坂下に触れていく。

「はぁ……っ、……ぁ……っ、……はぁ……、……っ、……あぁ」

開襟シャツがはだけて肌が露出されると、そこから病魔に犯されていくように肌がざわついた。これから先何をされるのかと、敏感になっている。

「あぁ……」

スラックス越しに互いの猛《たけ》りを擦り合わされ、もどかしい快感に身を捩《よじ》った。うっすらと目を開けると、もろ肌脱いだ斑目の美しい躰がある。

まるで彫刻像のように芸術的ですらあり、同時に生身の人間が持つ生の力が漲《みなぎ》っているのがわかる。作り物ではない、生きているからこその美。

微かに香る体臭も、そう感じさせる要因の一つかもしれない。

組み敷かれていることに羞恥はあれど、自分が男であることを忘れてしまいそうになるほど、魅了されていた。自分にはない野性的な美を纏《まと》った斑目に羨望《せんぼう》を抱きつつも、心魅かれてしまう。

「どうした？　俺はそんなにイイ男か？」

まるで、坂下の心を見透かしたような揶揄だった。前髪をかき上げられ、近くから表情を覗かれる。熱い視線を注がれ、目許が熱くなっていくのを感じながら、情の深さを思わせる少し厚めの唇を見つめた。

誘ったのかもしれない。

「──んっ」

唇を重ねられ、鼻にかかった甘い声を漏らしながらそれに応える。

何度口づけを交わしても、足りなかった。斑目の舌に自分のを絡め、舌の根が痛くなるほどきつく吸われ、吸い返す。

一方的な行為ではなく、坂下もまた斑目を深く求めていることを伝えたかった。自分もまた、深く、そして浅ましいほどに斑目を求めているのだと……。

「色っぽいぞ、先生」

「……はぁ……、……んぁ」

「俺がこんなふうになるのは、先生だけだよ」

股間のものをより強く押しつけられ、自分の中の獣が目を覚ますのを感じた。求められることに悦びを覚え、呼応するかのように欲してしまう貪欲な獣だ。

それは、斑目にのみ反応する。どんなに深く眠っていても、必ず閉じていた瞳を開いて空腹を満たそうとするのだ。

旺盛な食欲で、与えられるものすべてを呑み込んでしまおうとする。

「先生のことを考えただけで、いつもこんなだ」

手をそっと摑まれ、そこへ誘導された。握ってくれと行動で訴えられて、素直に欲望の証を握り締めて確かめる。

「破裂しそうだよ」

「また……、……そん、な……、こと……」

「本当だ。先生……、先生に握ってもらっただけで、天国に行っちまいそうだ」

「ぁ……っ」

あからさまな言葉に煽られながら、坂下は無意識のうちに斑目の雄々しさを手の中で味わっていた。その太さ。そして硬さ。これから自分を貫こうとするものは凶暴で、それだけに坂下の被虐的な一面を刺激する。

早く欲しくて、同時にもっと手で味わってもいたくて、欲張りな自分に翻弄されていた。

「俺も握っていいか？」

駄目と言っても聞かないことは、わかっている。けれども、坂下もまたそれを望んでいた。拒絶する理由が、どこにあるだろうか。

目と目を合わせたままスラックスのファスナーを下ろされ、そろりと手が中に入り込んできて、下着の上からそっと触れられる。

「——ぁ……っ！」

小さく躰が跳ねると、その反応がよかったのか、今度は遠慮なしに下着の中に忍び込んできて直接握られた。

「んぁ、……はぁ……、あ、あ、……斑目さ……」

悪戯な指は、屹立のくびれをなぞり、もどかしい刺激で坂下の劣情を引き出していく。いとも簡単に我を忘れるほどの愉悦を注がれ、坂下は急速に熟れていった。

ジリジリと照りつける真夏の太陽の光を浴びた果実のように、深く色づき、甘い芳香を漂わせて果汁を滴らせる。

「あ、……はぁ……、……ぁあ」

声を出すまいとしても、次々に溢れる嬌声に耳を塞ぎたくなった。なんて声を出しているんだと自分を叱咤《しった》しても、止めることができない。斑目の指に促されるまま、唇の間からそれは次々と漏れてしまう。

「いい眺めだ。そのまま待ってろ」

斑目はおもむろに立ち上がると、引き出しの中をごそごそと探ってから戻ってきた。手にしていたのは、軟膏《なんこう》のチューブだ。目が合うなり口許を緩め、坂下を見下ろして言う。

「悪いな。またこういうことに使っちまって」

言いながら、斑目は自分のスラックスのファスナーを下ろし、下着の中から屹立を取り出した。そして、見せつけるように自分の中心に軟膏をたっぷりと塗り、ゆっくりと扱《しご》いてみせる。

「あ……」

舌をチラリと覗かせながら舌なめずりする姿は、男の色香に溢れており、それを見上げているだけで坂下の心は濡れた。恥ずかしげもなく誇示してみせる斑目に、なんて人なんだと思いながらも、魅かれていくのをどうすることもできない。

「加減してやりたいが、こいつが先生を喰い足りないって言うんだ。悪いが、今日は自制できる自信がない」

再びのしかかられ、下着ごとスラックスをはぎ取られたあと膝を大きく開かされてたっぷりと中心に軟膏を塗られた。そして、互いのものを一緒に握り込まれる。自分のと斑目のとが直接触れ合っただけで、射精してしまいそうになった。

「あっ、……ぁあっ、あっ」

「見ろよ、先生」

「……っ」

「見てくれよ、先生」

ねだられ、おずおずと視線をそこへやった。斑目の手の中で、二人の屹立が並んでいる。軟膏でぬるぬるにされ、先端の小さな切れ目から透明な蜜を溢れさせている様子を目にしただけで、下半身は熱に包まれた。男同士で愛し合うことがどんなことなのか、見せつけられているようだ。

（あ……）

なんていやらしい光景なのだろうと思った。あまりに卑猥《ひわい》な様子になっているため目を逸らしたくなるが、同時に目が離せないでいる。無骨な指が施す愛撫は優しく、取り込むように坂下を懐柔していった。

斑目がどんな悪戯を施してくれるのか、知りたい。

「……はぁ……っ、……ぁ……、……斑目さん……っ」

「いいぞ、先生、……もっと、乱れてみろ。……俺に、もっと見せてみろ」

「ぁあ……」

つ……、と指を滑らせて、後ろの蕾を指で探られる。くすぐったくて、もどかしくて、身を捩らずにはいられない。

「ぁ……っく」

まだ固い蕾だが、幾度となく斑目を受け入れたそこは、斑目を拒絶などしなかった。半ば無理やり拓かれながら、悦びにむせ、斑目の指を根元まで難なく受け入れる。

すぐに出ていかれ、物足りなさに唇をわななかせると、今度は軟膏のチューブを直接蕾にあてがわれた。そして、容赦なく中に抽入される。

「んぁ……っ！　あ……っ、……何……っ、する……、ん……です……か……」

斑目の手を退《ど》けようとしたが、びくともしない。そうしているうちに、冷たいものが躰の中に入ってくる。

「……ぁ……っ、――ぁあっ！」

それはすぐに体温に温められたが、異物感のようなものだけはいつまでも坂下を苛み続けた。中に入れられたたっぷりの軟膏を漏らしてしまいそうで、尻に力を入れるが、体温で半分は液体のようになったそれは、とろとろと中からしみ出して畳を汚す。

「漏らしてもいいぞ」

「ぁ……っく」

こめかみにキスをされ、躰が小さく跳ねた瞬間、中のものを大量に零してしまっていた。恥ずかしくてたまらないが、斑目の満足げな視線が注がれていることに気づく。

「どうして……見る、ん……、……ぁ……っ、……ぁ」

「先生が、恥ずかしがる顔が……可愛いからだよ」

「……可愛く、なんか……、……ぁあ、……あぁ」

さらに指で蕾の周りを刺激されると我慢できなくなり、背中に腕を回して縋りついて求めた。はしたない自分を抑えきれず、自分を責め苛む男に抱きついてしまうのをどうすることもできない。

苦しかった。

苦しくて、切なくて、もどかしくて、どうにかなってしまいそうだ。

「もっと欲しいのか?」

膝を抱えられて脚を開かされると、何度も軟膏を足される。巧みな指にいじられ、そこは女のもののように柔らかくほぐれていった。坂下の気持ちそのままにほころび、斑目をすぐにでも受け入れられるほどに変化している。

「んぁ、……っく、……ぁあっ」

斑目にならば、許していい。斑目だからこそ、何をされても悦びを味わえるのだ。

「先生、……先生」

「斑目さ……、……早、く……」

無意識に本音を零した瞬間、あてがわれ、じわじわと引き裂かれる。

「……ぁ……、……はぁ……っ、……ぁ、あ、あ、——ぁぁぁあぁー……」

根元まで深々と収められた瞬間、坂下は射精してしまっていた。

ゆっくりと迫り上がってきたものはすぐに終わりを迎えることなく、斑目を咥え込んだまま、いつまでも痙攣《けいれん》し続ける。ほとばしる白濁はもうないというのに、ドライオーガズムのように高みからなかなか下りられない。

絶頂というものが、こんなにも長く続くものなのかと思いながら、少しずつ呼吸を整えていく。

「あ……、……あぁ、……っ、……はぁ……、……っ、……はぁ……」

「そんなによかったか、先生」

恥ずかしくて、何も言えずに切れ切れに息をするだけだ。今もまだ絶頂の中にいるような快感が湧き上がってきて、時折躰がビクンとする。

「もっとよくしてやる」

「あ、あっ、……待……っ、……ぁあっ！」

ゆっくりと腰を引き、深々と坂下の中に押し入ってくる斑目に激しい目眩を覚えた。熱の楔《くさび》を打ち込まれる被虐的な悦びに身も心も震え、再び貪欲な部分が顔を覗かせる。

それは、あっという間に坂下を侵食していき、今達したはずの躰をリセットさせ欲望を抱かせた。坂下の躰は、ほんの今射精したことなど忘れたかのようだ。

繋がった部分は熱く、斑目を喰い締めているのがわかった。

浅ましい自分を自覚しながら、止めることはできない。一度こうなってしまうと、とことん味わわないと自分を取り戻すのは不可能だ。

「斑目さん……、……斑目、さ……っ」

もっと動いてくれとねだるが、斑目は焦らすようにゆっくりとしか動いてくれない。

坂下の腹に入ってくる斑目の屹立は十分な嵩《かさ》と硬度を持っているが、あまりに焦れったい動きに欲はより深くなっていった。

「ぁあっ！」

もっと。

坂下はそう深く望んでいた。

もっと突き上げて、もっと狂わせて欲しかった。

何も考えずに、ただ貪り合いたい。

「あぁ、ぁあっ、斑目さん、……はぁ……、斑目さ……っ、んぁ、斑目さんっ」

「いいぞ、……先生っ、……はぁ……、……喰いちぎられ、そうだ……、……はぁ」

苦笑混じりの斑目の吐息が余裕を欠き始めたかと思うと、動きはリズミカルになっていく。

「ぁあっ、……斑目さ……、そこ……、……そこ……っ」

躰を揺さぶられながら、何度も同じことを口にした。自分がはしたないことを口走っていると自覚しながらも、求めることを止められない。

「……先生……っ」

耳許でくぐもった声を聞かされ、堪えていたものが一気に溢れ出す。

「斑目さんっ、斑目さ……っ、——ぁぁぁあああ……っ！」

躰を反り返らせながら絶頂を迎えた坂下は、自分の奥に斑目の熱いほとばしりを感じた。あまりの快感に、気を失いそうになる。辛うじて意識は留めたが、放った後はしばらく放心し、重くのしかかってくる斑目の躰を抱き締めて呼吸を整えた。

「大丈夫か？」

大丈夫だと言いたかったが、声を出すこともできない。

坂下の状態は斑目にも伝わったようで、気遣うように頭をそっと撫でられる。それが心地よくて、満たされ、幸せの中で斑目の汗ばんだ肌の匂いを嗅ぎながら、坂下はゆっくりと眠りに落ちていった。

坂下が目を覚ましたのは、夜中だった。

辺りは真っ暗で、外からの物音はほとんどしない。寝静まった街はまだ活動するには早いらしく、空気もひんやりしている。

「ん……」

少しずつ目が覚めてきて、貪欲に貪ってしまったことを思い出し、一人赤くなった。前髪をかき上げ、ゆっくりと頭を上げる。

隣に斑目の姿はなかった。空いた場所を手で触れると、まだ体温が残っている。目覚まし時計に手を伸ばすと、まだ朝の三時過ぎだ。

（あれ……、どこ……行ったんだろ……）

まだ布団の中にいたいが、のそのそと起き上がって斑目を捜した。階段から一階を覗くと、診察室の明かりがついている。どうしてあんなところに……、と思いながら、ゆっくりと階段を下りていった。

躰にはまだ行為の余韻が残っており、足もだるくて足音を忍ばせるように歩かないと転げ落ちそうだった。斑目との行為は、後々まで響く。

「……斑目さん？」

なんとか階段を下りて一階まで辿《たど》り着くと、診察室の中からボソボソと話し声が聞こえてきた。待合室まで漏れ出てくるそれに耳を傾ける。

『今日は外泊してやってもよかったんじゃぞ』

久住の声だった。

帰りは遅くなると斑目は言っていたが、泊まるとは言われなかったことを思い出して、その存在をすっかり失念していたことを反省した。

斑目と愛し合ったことくらい、見抜かれているだろう。あんなふうに誘われて理性を失ったが、こうして冷静になると、久住の前でどんな顔をしていいのやら困りものだ。

どうして自分はこうも堪え性がないのだろうと、思わずにいられない。

けれども、斑目の滴るような男の色香を前に理性を保てというのも、また酷な話だ。

『幸せそうな顔しておって。まったく、若いもんはええのう』

久住が斑目を揶揄しているのが聞こえ、ますます深く反省した。

このまま出ていけばきっと斑目ともども久住にからかわれるだろう。ここはおとなしく戻り、朝になるのを待って誤魔化すしかない。

『それで？　話ってなんだジジィ』

斑目の言葉に、踵《きびす》を返そうとした坂下はピタリと動きを止めた。立ち聞きしていいものか迷うが、深く考える間もなく次の言葉が放たれる。

『このままこの街におるつもりか?』

『どういう意味だ?』

『どういう意味かわからんはずがなかろう』

斑目の返事はなかった。何を思っているのか、沈黙が流れる。

『よほど惚れておるな。お前さんがここを離れたくないのは、あの一生懸命な恋人がおるからじゃろうが』

『まぁな』

『じゃが、このままこの街におられんこともわかっておるんじゃろう?』

心臓が小さく跳ねた。

それは、坂下も思っていたことだ。双葉もそうだったように、斑目にもいずれこの街を卒業して欲しい。終《つい》の棲家《すみか》を見つけて欲しい。

だが、そう思う傍ら、ずっと側にいて欲しいという気持ちがあるのも事実だった。

斑目がいないこの街を想像することができない。

『医者に戻る気はないか?』

坂下は、唾を呑み込んだ。斑目の答えを聞くのが怖い。

『急に何を言い出す?』

『急なことではない。わしがここに来た時から、こう言われるだろうことはわかっておったんじゃろうが』

また、沈黙。

斑目の気持ちが、どちらにあるのか——。

心臓がトクトクと鳴っているのを聞きながら、坂下はドアの向こうの気配から斑目の真意を測ろうとした。けれども、動揺のあまり何も感じ取れない。

『わしが離島で医者をしとったのは話したじゃろう？　空きができたんじゃよ。そこにお前さんが行ってくれれば、一石二鳥じゃ』

『代わりの医者が見つかったから、辞めたんじゃなかったのか？』

『それは臨時じゃ。交代で本土から医者が派遣されるだけでのう。本当は、島には定住する医者が欲しいんじゃよ。何もわしのようなジジィになるまで住みつけとは言わん。実はな、島の若いもんが本土で医者になるために勉強をしておる。いずれ島の診療所を継ぐと言っておってな。奴はきっといい医者になる。奴を育ててみんか？』

『ジジィが育てりゃいいんじゃねぇのか？』

『できんことはない。じゃが、これはいい機会じゃと思わんか？』

久住が言いたいことはよくわかる。久住はその役目ができないと言っているのではなく、よりその役目を担うにふさわしいのは誰かという話をしているのだ。

(何、してるんだ……)

ただ棒立ちになっている自分を叱咤するが、身動き一つとれなかった。

本当なら、ここで出ていって斑目の背中を押すべきだ。双葉にしたように、その背中を押してこの街からの卒業を祝福するのが坂下の今すべきことだとわかっている。

なぜ、それができないのか。

『お前の腕は腐っておらん。そうじゃろう?』

久住の言葉は、坂下も感じていたことだ。

あの暴動の最中、斑目はなんの迷いもなく美濃島の治療を始めた。あの時斑目は、単なる償いとして手を貸したのではない。たとえ相手が誰であろうと、街のホームレスや労働者たちをカモにし、苦しめた悪党であろうと、一人の患者として扱ったのだ。

人の命と対峙した斑目は、間違いなく一人の医師だった。

久住は現場にいなかったが、それでもちゃんとわかっている。久住は斑目がまだ医師の魂を失っていないことに、気づいているのだ。

『俺は医者に戻る気はない』

『戻る気はなかった、の間違いじゃろうが』

『どうしてそう言える』

『過去に囚われているようには見えんぞ。もう、お前は自分が何をしたいのか、気づいておるんじゃないか?』

『はっ、見透かしたような顔しやがって』

ひゃっひゃっひゃ……、と久住の笑い声が聞こえてくる。

楽しげな声だが、坂下の表情は曇っていた。

斑目が、この街を出ていくかもしれない――。

坂下の心には動揺が走り、混乱していた。いつかこの街を卒業させねばと思っていたはずなのに、いざその時が来たのかと思うと、心が激しく揺れる。

心音がうるさいくらい鳴っており、斑目たちに聞こえるのではないかと思った。今、斑目と言葉を交わしたら、何を言ってしまうのか自分でもわからない。

恋人なら、斑目を本気で想っているのなら、二人の前に出ていき、久住の言う通りだと言うべきだとわかっているが、どうしてもそれができなかった。意気地のない自分の愚かさを噛み締めながら、踵を返す。

坂下は、足音を忍ばせて二階に戻っていった。まだ二人の体温が残っている布団の中に潜り込み、頭まで布団を被る。

今のが、夢であって欲しいと思った。斑目がこの街を出ていくなんて、嘘であって欲しいと……。

ひとたびその思いに取り憑《つ》かれると理性は利かず、自分の望みばかりが肥大していった。

己の身勝手さが、心底嫌になるほどに。

（この街から卒業させなきゃいけないのに……）

唇を噛み締めながら坂下は何度もそう自分に言い聞かせたが、動揺が収まることはなく、離れたくないという気持ちがよりはっきりするだけだ。

「斑目さん……」

せめて眠って一度気持ちを落ち着けようときつく目を閉じたが、朝が来るまで一睡もすることはできなかった。

双葉パパの奮闘

CHARADE BUNKO

けたたましい目覚ましのベルが、早く起きろとせっついていた。朝早く起きることには慣れているが、このところ仕事が忙しかったため、なかなか目が開かない。まるで瞼《まぶた》がくっついてしまったかのようだ。あと五分寝たいという気持ちと戦いながら、布団の中でもぞもぞしながら手だけ出して目覚ましを探す。

「ん〜」

眠い目を擦《こす》りながら顔を出した双葉《ふたば》は、大きなあくび一つと伸びをして、むくりと起き上がった。そして布団から抜け出し、あっちにぶつかりこっちにぶつかりしながら洗面所に向かう。冷たい水で顔を洗うと、次第に眠気は薄れていった。

完全に目が覚めると鏡の前で顔を叩《たた》き、鏡の中の自分と向き合ってニッと笑う。

「よっしゃ、気合入れっか！」

双葉がこのオンボロアパートに住むようになって早数ヶ月。

建物は古く、この辺りでも格安の家賃だが、労働者街の狭いベッドに比べると天国のような場所だった。風呂《ふろ》もトイレもついていて、台所で自炊もできる。何より布団を干せるのがよかった。天気のいい休みの日に布団を干すと、その日の夜は太陽の匂《にお》いに包まれて眠ることができるのだ。こんな幸せはずっと味わっていなかった。

その日暮らしの気ままな生活もよかったが、やはりこうして定住する場所があるのはいい。また、洋《ひろし》という存在により父親としての責任感が生まれ、仕事に対する意欲も格段に違ってきた。忙しいが、充実した生活を送っている。

「まずはご飯炊くかな」

双葉は、米をといで炊飯器にセットした。スイッチを入れると、今度はおかず作りに取りかかる。

今日は、洋と一緒に動物園に行くことになっていた。児童養護施設にあずけられている双葉の息子《むすこ》は、いまだ双葉のことを『得体の知れない男』という目で見る。警戒心が強く、なかなか信用してくれないが、以前連れていった遊園地はいい思い出になった。後で施設の職員に聞いた話だが、洋は双葉と乗ったたくさんの乗り物の話を職員に話して聞かせていたという。

自分が父親だということを証明するのに時間はかかったが、今は職員の協力を得て洋の信頼を得るべく、できるだけ顔を見せ、コミュニケーションを取るようにしている。

「今日のっ弁当はっ、双葉パ～パ～の特製おべんとさんっ」

即席の歌が出てしまうのは、今日を心待ちにしていたからだ。

自炊も随分慣れてきて、最近は仕事に行く時も自分で弁当を作るようになった。少しでも早く金を貯《た》めて洋と暮らすためだ。もちろん金銭的な問題以外にも越えなければならないハードルはいくつもあるが、先立つものがなければ始まらない。

卵を割り、砂糖たっぷり塩少々。子供は甘い玉子焼きが好きだ。教えてくれたのは、同じアパートの下の階に住む住人だ。簡単で美味《おい》しいチキンカレーも伝授してもらい、今は双葉の得意料理となっている。

「お、わっ、っと！」

四角いフライパンを操り、卵を薄く敷いて丸めていった。途中、失敗しそうになったが、ここで慌ててはいけない。厚焼き玉子の修復は、そう難しくはない。双葉パパの腕の見せどころだ。

落ち着いて対処したのがよかったのか、五分後にはふっくらした玉子焼きが完成した。

「お〜、旨《うま》そ〜」

まな板の上で四つに切り、弁当箱に詰める。次はから揚げだ。

「かっら揚げかっら揚げかっら揚げく〜ん、おっいしいおっいしいかっらあっげく〜ん」

てんぷら鍋《なべ》を火にかけ、ぶつ切りした鶏肉をビニール袋に放り込んで市販のから揚げ粉を纏《まと》わせる。菜箸《さいばし》を油に突っ込んで温度を確かめたところで、チャイムが鳴った。

「はーい、開いてるよー」

「フタバ、おはよ〜さ〜ん」

入ってきたのは、双葉の三倍は体重があろうかという巨漢だった。もじゃもじゃの髪の毛に笑うとなくなる細い目。汗っかきで少し動いただけで「ひーひー」「ふーふー」と息を上げる。愛嬌《あいきょう》があり、美味しいものが大好きな喰《く》いしん坊は、着ぐるみのようだ。

この男はフランス人と日本人のハーフで、名前をパトリックという。何を隠そう下の階に住むチキンカレーの師匠がまさにこの男で、以前はフレンチレストランで料理を作っていた。独立して店を持とうとしていたらしいのだが、共同経営者が金を持ち逃げしたために今は屋台で自分の料理を出している。

さすがにフレンチレストランで働いていただけあり、屋台と言えどそのメニューは本格的でフレンチやフレンチの技術を生かしたイタリアンなど、レパートリーは多彩だ。ワインの品揃《しなぞろ》えもよく、若い層を中心にいつも屋台は賑《にぎ》わっている。今はまだ借金を抱えているが、あの調子だと店を持つのもそう遠い未来ではないだろう。

「もうお弁当作り始めたかい？」

「うん」

「これ持ってきたんだ。僕の手作りなんだけど、持っていきなよ」

「何々？」

タッパーの中には、ロールキャベツが入っていた。トマトベースのソースがいい香りを漂わせていて、つまみ喰いしたくなる。

「おお～、すげぇ～。パットって料理の天才だな」

「フタバが洋君と動物園に行くんだ。がんばって仕込んじゃったよ～」

ニコニコと笑いながら、自分のことのように喜んでいる。

「本当にありがとう、パット」

「やだな～。僕が好きでやってるんだから、そんなふうに言われると照れちゃうよ」

頭を掻《か》くパトリックを見て、思わず笑みが漏れる。

このところ、双葉は他人の優しさに触れることが多く、心はいつもほっかほかだ。出会いに関しては、恵まれていると思う。

正直言うと、あの街を離れることに不安はあった。もちろん寂しさも……。

けれどもいざ街を離れて一人暮らしを始めると、あの街の連中を思わせるような温かさに出会うことも多いのだ。

双葉が勤めている運送会社の所長は、双葉が定職に就かず日雇いだった日々について何も聞かず、今のがんばりだけを見て評価してくれるし、洋がいる施設の職員たちも、信頼できる相手だと認めてくれてからは、洋との二人暮らしを目指す双葉のよき応援団だ。

また、一番身近にいるパトリックは出会って日は浅いが、シングルファーザーになるなら料理の腕を磨いたほうがいいと、先生にもなってくれるいい友人だ。

「今日は楽しんできなよ。きっと洋君は心を開いてくれるよ」

「うん。本当にありがとう。大好きだよ、パット」

「やはははは！　男に好きって言われるのも悪くないねぇ。じゃ、僕は仕込みがあるから」

「じゃあね～」

パトリックが帰ると、双葉は再び弁当作りに戻った。それが完成すると、茶も準備してからアパートを出る。洋がいる施設までは、バスで三十分と比較的近い。出勤に便利でなおかつ施設からできるだけ近い場所を選んだのだ。

最寄《もよ》りのバス停で降りた双葉は、わくわくと胸を躍らせながら足早に歩いていく。約束の時間には少し早いが、双葉が施設の敷地の中に入っていくと、洋と職員の姿が目に入った。

「おはようございま～す、長瀬《ながせ》先生」

「あ、双葉さん。おはようございます。今日はいい天気になってよかったですね」

長瀬は、立ち上がって頭を下げた。双葉より二つ年上の職員は、坂下《さかした》を思わせる熱血職員で、子供たちのために怒ったり泣いたりと忙しい。この男の涙を何度見たことか。

「ほら、洋君。お父さんが迎えに来たよ」

長瀬に呼ばれるが、洋はぶすくれたまま仁王立ちしていた。とてもこれから動物園に向かう子供とは思えない仏頂面だ。

「どうしたんだ？」

「僕、行かない」

「どうして？　動物好きだろ？」

「だって、僕にはお父さんはいないんだもん！」

これまた手厳しい一発を喰らったものだ。何を言っていいか言葉を探していると、長瀬は困った顔で洋を宥《なだ》め始める。

「どうしてそんなことを言うんだい？　そんなこと言っちゃ駄目だよ」

「だって本当だもん」

ガンとして聞かない洋に溜《た》め息をつき、双葉に洋の不機嫌の理由を話し始めた。

どうやら急に父親と名乗る男が現れたことで友達に何か言われたようで、ちょっとした諍《いさか》いが起きたのだという。毎週のように父親が面会に来ることに嫉妬《しっと》した子が、わざと洋を挑発したようだ。

自分のせいで友達と喧嘩《けんか》したのかと思うと申し訳ないが、だからといってここで引きさがるつもりはない。そのぶん今日は楽しんでもらおうと、気合も入る。

「なぁ、洋は動物好きなんだろ？」

洋はそっぽを向いたまま、頑《かたく》なに目を合わせようとはしない。

「動物がいっぱいいるんだぞー。象やらキリンやら白熊やら。トラとかライオンも。あ、そうそう、ホワイトタイガーの赤ちゃんもいるんだってさ。知ってるか？　白いトラだぞ。可《か》愛《わい》いんだぞ〜」

洋がピクリと反応した。

「あとな、リスザルもいるんだって。しかもリスザルの檻《おり》の中に入って触ることもできるんだぞ。可愛いだろうな〜。俺は楽しみなんだけどな〜」

次第に興味が湧《わ》いてきているのが、よくわかる。素直になれないが、耳は双葉の話をしっかりとキャッチしているのだ。それがおかしい。

「な、一緒に動物園に行こうよー。俺一人じゃつまんないし、つき合って」

「……いいよ」

小さな声だったが、洋ははっきりとそう言った。思わず満面の笑みが漏れる。

「やったね。パパがお弁当作ったから、一緒に食べような」

「パパじゃないって」

「わかったわかった。双葉おじちゃんでいいよ。園長先生に挨拶《あいさつ》してくるから、すぐに出発しような。長瀬先生、園長は中ですよね？」

「ええ、園長室でお待ちです」

双葉は急いで園長に挨拶に行き、すぐに戻ってきた。長瀬はというと、まだ少し気の乗らない洋と二人で砂場に座り、何か話をしている。少しでも楽しい一日を過ごしてもらおうと、一所懸命なのだ。

「じゃあ、洋。行こうか。長瀬先生。行ってきます」

「はい。洋君、楽しんできてね。行ってらっしゃ〜い」

門のところまで見送りにきた長瀬に手を振り、双葉は洋の手を握ってバス停へ向かった。洋の手は小さくて頼りないが、それを握っているとなんでもできるような気がした。


動物園に到着した。

「お～動物園！　今日は動物いっぱい見るぞ～」

入場門を潜《くぐ》った双葉は、大空に向かって両手を広げた。あちらこちらに見える動物たちに心が躍る。洋はまだ乗り気ではないようだが、それはおそらく見た目だけだ。心の中では、あれも見たいこれも見たいと思っているに違いない。その証拠に、視線は動物たちのいる檻のほうに真っすぐに向けられている。

「わ～。象がいる、ほら洋。象がいるぞ！」

最初に目に飛び込んできたのは、優しい目をした耳の大きな動物だった。ゆっくりとした足取りで歩き、鼻を器用に動かしている。

「大きいなぁ、なぁ、洋」

「うん」

「触ってみたいか？」

ちょうどおやつの時間らしく、飼育員が檻の外からおやつをあげられるようクッキーを配っていて、子供連れがたくさん集まっていた。洋の目がキラキラしているのを見て、双葉はすぐにその手を引っ張って列に並んだ。並んでいる子供たちは、みんなテンションが上がっていて、きゃっきゃとはしゃいでいる。

象用のクッキーを貰《もら》うと、洋は一番大きな象に向かってそれを差し出した。けれども、他《ほか》にもたくさんの子供たちがいるため、なかなか双葉たちのほうを見てくれない。

「こっちにおいで！　象さん、象さ〜ん。おいでおいで〜、こっちだよ〜」

双葉が懸命に両手を振っているからか、ようやくゆっくりと近づいてきた。手を伸ばすと、象も鼻を伸ばしておやつを受け取ろうとする。

「ほら、洋。今だ！」

「もうちょと。あ、届いた！」

洋の手からおやつを貰った象は、長い鼻でそれを口に運んだ。

「わ、食べたよ。ねぇ、象さん、美味しいですかーっ？」

「美味しいよ〜」

双葉は、咄嗟《とっさ》に小声で答えた。目が合った洋は、顔をしかめている。

「もう、僕は象さんに聞いてるんだよ」

「今のは象さんの声だよ。俺なんにも言ってないもん」

「えー、嘘《うそ》だよ。言ったでしょ」

「言ってないよ～。象さんが言ったんだって。洋から貰ったクッキーが一番美味しかったってよ」

「本当？　本当にそう言ってたの？」

「本当だって！」

どうやら信じたらしく、洋は驚いた顔で象を見て目を丸くした。気づかれないよう、込み上げてくる笑いを必死で押し殺す。

次に向かったのは、猫科の動物がいるエリアだ。檻の中はできるだけ自然に近い状態にされていて、ライオンたちはのびのびと昼寝している。百獣の王とは名ばかりの、まさに大型の愛らしい猫だ。

「わ。可愛い。ライオンさん！　こっち向いて、ライオンさん！」

洋の呼びかけに、雄ライオンは大きなあくびを一つした。呑気《のんき》な姿に笑い、持ってきたデジタルカメラを構える。

「洋！」

振り向きざまパシャリとシャッターを押した。さらに一枚。洋は笑顔のままだ。

「なぁ、洋はライオンとトラ、どっちが好き？」

「どっちも！」

「そうか、どっちもか。あ、ホワイトタイガーの赤ちゃんもいるぞ」

「本当だ。ホワイトタイガーだ！　すごい！」

朝はあんなに不機嫌だったのが嘘のように、洋の目はキラキラしていた。頬《ほお》も紅潮しており、楽しそうだ。動物の姿を見ると洋はすぐにご機嫌になる。それを見ていると、双葉も幸せな気持ちになった。連れてきてよかったと思う。

そして、リスザルの檻の前まで来た時、双葉は自分の袖《そで》が引っ張られるのに気づいて洋を見下ろした。

「僕、リスザルの餌《えさ》やりしたい」

遠慮がちに、けれども双葉の袖を握る手にはぎゅっと力が籠《こ》められている。

見ると、檻の出入口にはリスザルの餌が売られていた。誰《だれ》でもリスザルの檻に入ることができるようになっているが、餌だけは有料になっている。

恥ずかしそうにおねだりされて、双葉はにっこりと笑った。

「じゃあ、リスザルさんに餌やりしようか？」

「うん」

双葉はワームを買い、革の手袋を借りて洋に渡した。檻の中に入ると、リスザルたちは洋が持っている餌を貰おうと一斉に集まってくる。肩や頭に乗って我先にと手を伸ばすのだ。

「わっ、いっぱい来た！　わ、わ！　見て、いっぱい来たよ！」

ONKEY
PARK
おサルさんのえさ

「しっかり持ってないと取られるぞ」

「わ、待って。待ってってば、駄目だよ、ちょっとずつあげるから！」

「写真撮るからこっち見て。ほら、こっちだよ」

双葉は何度もシャッターを押した。デジタルカメラを通して見える笑顔に、じんわりとした幸せを感じる。動物園にしたのは、正解だった。こんなに動物が好きだったなんて、知らなかった。父親なのに、初めて知った。

(これからもっとお前のことに詳しくなるからな)

心の中でそう訴え、リスザルの檻から出る。時計を見ると、もう十二時を過ぎていた。はしゃいだからか、お腹《なか》がぺこぺこだ。

「なぁ、洋。お腹空《す》いただろ。そろそろお弁当食べようか？」

「お弁当？　おじちゃんが作ったの？」

「そうだよ。おじちゃんが作ったんだ」

笑顔を見せ、弁当を広げられる場所を探し始める。

(まだ格上げなしか)

パパと呼んで欲しい気持ちはあるが、焦りは禁物だ。それに、洋が楽しそうにしているのが一番いい。洋が幸せなら、それでいい。

双葉は息子という存在がこんなにいいとおしいものかと思いながら、この幸せに感謝した。

洋を施設まで送り届けた双葉がアパートに戻ってきたのは、午後七時を過ぎた頃だった。躰《からだ》は疲れているが、心は元気いっぱいだ。

弁当箱を洗い、水気を切って拭《ふ》いていく。パトリックが仕事から帰ってくるのは、いつも日付が変わってからだ。明日の朝返しに行こうと、土産《みやげ》と一緒に紙袋に入れておく。

「あ〜、楽しかったな〜」

双葉は畳の上にゴロンと横になった。一人暮らしの部屋は殺風景だが、気持ち一つでこうも違うのかと思うほど、心が浮き立っている。天井を眺めながら思い出すのは、洋の顔だ。最初はあんなに仏頂面だったのに、途中から笑顔をたくさん見せてくれた。双葉が作った弁当を見て驚いた顔をし、玉子焼きもから揚げもあっという間になくなった、ロールキャベツは言わずもがなだ。柔らかく煮込まれたそれは、洋の大好物となったようだ。ブロッコリーは少し苦手だと言っていたが、野菜も食べなきゃ駄目だと言う双葉の言葉をちゃんと聞いてくれたのも嬉《うれ》しい。

素直な子だと思う。多恵《たえ》が育てた子だ。警戒心は強くても、多恵のいいところをすべて受け継いでいる。

「むっふっふっふっふ」

双葉は、帰りにデータを持ち込んでプリントしてもらった写真を取り出して眺め始めた。顔が緩んで仕方がない。いくつか葉書にしたのは、坂下に送るためだ。これまでも、葉書のやりとりは何度かしている。

「さてと、そろそろ風呂入るかな」

いつまでも余韻に浸っているわけにはいかないと、双葉は起き上がって湯船に湯を張りに風呂場に向かった。戻ってくると、湯がたまるまでの間、坂下に葉書を書こうとテレビをつけてちゃぶ台の前に胡座《あぐら》をかく。

「先生へ……っと。お元気ですか？　俺はものすごく元気です。え～、今日は、洋と一緒に動物園に行きました、と」

文章を書くのは苦手だが、楽しいことがあると不思議と言葉は次々と出てくる。決して達筆ではないし気の利いた文句も書けないが、自分の言葉で今の生活について報告をするのだ。少しずつでも、自分が前に進んでいることを報告できるのは嬉しい。

坂下への報告を書き終えた双葉がそれを読み返していると、坂下診療所のある街の名前が耳に飛び込んできた。葉書を持ったまま、テレビを観《み》て固まる。

『えー、今回の立て籠もり事件の背後にある問題を、専門家の……』

双葉は、テレビに飛びついた。

どうやら街のすぐ近くで立て籠もり事件が起きていたらしい。主犯は生活保護の受給者で坂下診療所からそう遠くない、廃業したホテルでの事件だった。

施設を運営する側が、随分と搾取していたようで不満がたまり、暴動へと発展した。人質には施設の職員の他、無料で施設住人の診察をしていた医師もいたという。近くで診療所を営む医師だ。他にも数人が人質となり、銃の発砲によりケガ人も出ている。

医師免許を持つ労働者の男もいて、ケガ人は中で治療されたという情報もあった。

おそらく、坂下と斑目《まだらめ》だろう。貧困ビジネス問題に詳しい専門家が、事件の裏側に存在している社会問題について語っている。

(先生……)

仕事が忙しく、ここ数日ほとんどテレビをつけなかったため、こんな事件が起こっていたなんてまったく知らなかった。警察が施設内に突入する時の映像も流され、臨場感溢《あふ》れる様子に現場がどんなに危険な状態だったのかわかる。

「またデカい事件に巻き込まれたもんだな」

お人好《ひとよ》しでお節介な坂下のことだ。また街の誰かのために立ち上がり、事件に巻き込まれたのだろう。貧困ビジネスということは、街の誰かが被害に遭《あ》っていたのかもしれない。

あのまま街にいたら、きっと双葉もあの場にいただろう。

そう思うと、何も知らずに息子と動物園に行くのを楽しみにしていた自分は、もうあの街の人間ではないのだと痛感した。あの街から、卒業したのだと……。

寂しくないと言えば嘘になるが、今も仲間だということに変わりはない。卒業しても、あの街でみんなと経験したことは一生消えない。ずっと残り続ける。

「でも、無事でよかった」

双葉は、目を細めて笑った。

急に坂下たちに会いに行きたい気持ちになるが、明日は仕事だ。今からアパートを出れば、明日の仕事に間に合う時間に帰ってこられるとはいえ、自由気ままに生きていたあの頃とは違う。自分には守るべき家族ができたのだ。まだ洋は完全に心を開いてくれたわけではないけれど、少しずつ二人の関係はよくなっている。そう信じている。

「俺はパパだからな」

会いたい気持ちを抑え、葉書をちゃぶ台に置いて明日の仕事に備えるべく風呂場に向かった。坂下と話がしたかったが、今声を聞くと長話してしまいそうでグッと堪《こら》える。

電話をするのは、今度の休みだ。

あとがき

こんにちは、中原一也です。シリーズ五作目となりました。

本当ならここでエンドマークを打つつもりだったのですが、一冊にまとめることができずに次の巻まで続くことになりました。雑誌の読み切り作品から始まったこのシリーズ、正直ここまで続くとは思っていませんでした。もちろん、続きを書きたい願望はあったのですが、世の中そんなに甘くないだろうなんて思ったりも……。

これも、応援してくれる読者さんのおかげだと思います。出版業界も年々厳しくなっているという話をよく聞きますし、実感することもあるのですが、本を買ってくれる人がいるから、私はこうして作家という仕事を生業にすることができているのです。他に仕事をしないでいいぶん、たくさんの小説を書くことができますし、担当さんからアドバイスを貰うこともできます。そう考えると、本当に幸せなことなのだなと思います。

小説はすばらしい娯楽です。私も小説を読むのが大好きで、震えるほど面白い小説に出会った時の満足感は言葉では言い表せません。いつまでも作品の余韻に浸っていられる幸せ。私もそんな小説を目指してがんばろうと思います。

それでは、最後に挿絵を担当してくださった奈良千春先生。素敵なイラストをありがとうございます。ここまでシリーズが続けられたのは、イラストの力も大きいと思います、今回は締め切りの調整をお願いすることになり、大変ご迷惑をおかけしました。私のせいで先生のスケジュールが狂ってしまったのではないかと、申し訳なく思っております。

それから担当様。いつもご指導ありがとうございます。特に今回はなかなかプロットをまとめられなくて焦っていたのですが、そんな私を励ましていただき、そして無理に一冊にまとめずに六巻まで続けることをご提案いただき、感謝しております。いい作品にするためならいつまでも待つというお言葉に、どれだけ励まされたことか。おかげで自分を立て直すことができました。この大事なシリーズに、満足いく形でエンドマークが打てそうです。

最後に読者様。あとがきまで読んでいただき、ありがとうございます。あと一冊で終わりとなりますが、斑目と坂下がどうなっていくか、どうか見届けてやってくださいませ。

中原　一也

中原一也先生、奈良千春先生へのお便り、
本作品に関するご意見、ご感想などは
〒101-8405
東京都千代田区三崎町2-18-11
二見書房　シャレード文庫
「愛に終わりはないけれど」係まで。

本作品は書き下ろしです

CHARADE BUNKO

愛《あい》に終《お》わりはないけれど

【著者】中原一也《なかはらかずや》

【発行所】株式会社二見書房
東京都千代田区三崎町2-18-11
電話　03(3515)2311［営業］
　　　03(3515)2314［編集］
振替　00170-4-2639
【印刷】株式会社堀内印刷所
【製本】ナショナル製本協同組合

落丁・乱丁本はお取り替えいたします。
定価は、カバーに表示してあります。

ISBN978-4-576-13035-4

http://charade.futami.co.jp/

CHARADE BUNKO

スタイリッシュ&スウィートな男たちの恋満載

中原一也の本

大股広げた女より、お前の方がいい

ワケアリ

むくつけき男たちが押し込められた隔絶された世界。欲望の捌け口のない船の上、船長の浅倉は美青年・志岐の謎めいた笑顔に潜む闇に、厄介ごとの匂いを嗅ぎ取るが…。

イラスト＝高階 佑

お前を、ずっと、汚したかった――

水底に揺れる恋

男らしさに拘る高田は幼馴染みの志堂に強いコンプレックスを抱いていた。十年ぶりに故郷で高田は志堂と気まずい再会を果たす。時折見せる志堂の熱い視線に一度だけ重ねた唇の感触が蘇り…。

イラスト＝立石 涼